자유로이
너의 길을 가라

철학하는
엄마가
딸에게 쓰는
편지

자유로이
너의 길을 가라

김선희 지음

연암서가

육아 일기가 있는 에세이를 펴내며

20여 년 전 기적처럼 한 생명이, 한 아기가 내게로 왔다. 아기로 인해 내 삶이 달라졌고, 대부분의 엄마들이 그러하듯 많은 것이 새롭게 다시 시작되었다. 그 아기는 지금 자라서 어엿한 성년이 되었다. 당시에 나는 태중의 아기에 이어 갓 태어난 아기와 대화하듯 일기를 썼다. 아이를 가졌을 때부터 시작하여 3~4년 정도 기록을 하였다. 아기를 기르며 성장 과정에서 관찰하거나 생각나는 것들을 메모하며 일기로 남겨두었다. 아기가 커서 성인이 되면 이 육아 일기를 선물해 주려고 마음먹었다.

사람은 누구나 아기로 태어나 길러지고 한 사람의 성인이 된다. 한 생명이 태어나 하나의 세계를 품은 개인으로 성장한다는 것은 참으로 놀랍고 신비한 일이다. 어떻게 아이를 낳아 키울 것인가는 그만큼 중요한 과제이다. 거기에는 인간관, 세계관, 인생관, 가치관, 윤리와 종교 등의 모든 문제들이 집약되어 있으며, 어떻게 한 인간으로 존재하느냐의 문제를 담고 있기 때문이다.

 이 책은 아기를 잉태하고 낳아 기르며 생각하고 경험한 것을 기록해 둔 육아 일기에서 비롯되었다. 여기에는 탄생과 육아의 철학, 한 아기를 낳고 기르면서 떠오른 단상에서 길어 올린 사유들, 아기의 언어발달과 성장 과정에 대한 기록, 한 아기를 어떻게 양육하고 어떤 사람으로 키울 것인가에 대한 고민의 흔적이 들어 있다. 이는 아기에 대한 기록만이 아니라 아기와 상호작용하며 체험했던 나 자신에 대한 기록이기도 하다. 동시에 아기를 기르면서 새롭게 경험했던 것으로부터 자신을 성찰할 수 있었던 것, 그리고 한 사람의 탄생과 존재 의미에 대한 사유가 들어 있다. 그런 의미에서 이 책은 양육하는 동안 아이와 관계하는 삶의 방식에 대한 나의 이야기이자 철학이지만, 그럼에도 누구나 가졌음직한 보편적 물음을 다루고 있다.

올해 딸아이는 성인이 되었고, 20여 년 전에 써둔 오래된 일기를 꺼내어 정리한 후 작은 책으로 편집하였다. 몇 권의 책을 만들어 가족이 나눠 가졌으며 아이의 성장을 지켜보며 손녀처럼 가족처럼 사랑해준 선생님 두 분에게 감사의 선물로 드렸다. 그 과정에서 육아 일기의 출판을 진지하게 권유하거나 기대하는 분들이 있었다. 나는 육아의 기록일지라도 사적인 일기를 출간하는 것이 선뜻 내키지 않았다. 오랜 고민 끝에 일기를 그대로 출간하는 대신, 이 일기를 토대로 한 인간의 탄생과 육아에 대한 책을 쓰기로 했다. 육아 일기의 사적인 부분을 가능한 제외하고, 일부를 발췌하여 아기를 기다리는 마음과 아기의 발달 과정을 지켜보며 갖게 된 생각과 철학적 단상을 바탕으로 일기와는 다른 형태의 에세이를 출간하기로 하였다.

망설임 끝에 이 책을 출간하기로 마음을 바꾼 데는 두 가지 이유가 있다. 첫째, 우리 아이의 성장 과정을 지켜보며 손녀처럼 사랑해주신 정대현 교수님의 적극적인 권유가 있었다. 그분은 이 책을 출간해야 하는 근거를 두 가지 정도 말씀하셨다. 하나는 이 책에 기록된 아기의 언어발달 단계가 인간 언어의 놀라움을 보여주는 생생하고 특별한 사례로서, 촘스키 등의 언어학에도 좋은 자료가 될 수 있다는 것이었다. 또 하나는 아기가 갈등 속에서 사태의 복합성을 전제하는 언어적 표현을 하거나, 일인칭 자아 개념 및 메타

언어적 표현을 사용하기까지 아기의 언어발달 과정이 철학자 엄마의 눈으로 예리하게 관찰되어 있다는 것이었다.

둘째 이유로, 결혼을 앞둔 졸업생 제자를 비롯하여 자녀 양육에 대해 고민하는 분들의 요청이 있었다. 아기를 기르는 일은 달리 배울 기회가 없으며, 단지 아기를 돌보는 육아법만이 아니라 어떻게 아기를 한 사람의 성인으로 키울 것인지, 나아가 어떤 목표와 지향점을 가지고 아기와 상호작용할 것인지에 대한 철학을 만나보기 어렵다는 것이었다. 이런 주제의 책이 필요하다는 요청에 대해, 나의 육아 경험을 토대로 그 과정에서 내가 지향했던 철학이 있다면, 현재와 미래의 엄마들과 소통할 수 있는 기회가 되기를 바라는 마음으로 응하였다.

이 책은 단순히 아기의 육아 과정을 기술한 것은 아니다.

이 책은 육아 일기인 동시에 한 아기의 탄생, 그리고 한 인간으로 성장하고 존재하는 것, 나아가 한 인간으로 태어나 어떻게 자신의 삶을 살 것인지에 관한 이야기이기도 하다. 거기에는 한 생명체인 아기의 탄생과 아기가 성장하면서 보이는 개성과 능력에 대한 관찰과 분석, 아기를 낳고 기르면서 부모가 갖는 고민에 대한 철학적 사유가 포함되어 있다. 또한 그 속에는 아기를 생각하며 기도하는 엄마의 마음도 들어있다. 아이를 키우는 동안 누구나 기도하는 마음이 절실해지는 순간들이 있다. 어쩌면 아기를 양육하는 엄마의 태도 안에는 이미 기도가 들어 있기 마련이다. 그런 이유로 육아 일기를 정리하며 발견한 기도의 글과 신을 향하던 나의 고백과 대화도 거르지 않고 실었다.

　탄생은 인간 실존의 조건이다. 인간에게 죽음이 어쩔 수 없는 한계상황이라면 탄생도 분명 그러하다. 탄생 없이 죽음이 없으며, 죽음 없는 탄생 또한 없다. 인간은 탄생부터 죽음에 노출된 연약한 존재이다. 마치 유리 항아리처럼 깨지기 쉬운 존재다. 질병과 상처만이 아니라 사고나 실수로 한순간에 위험에 처하거나 죽을 수도 있다. 죽음에 노출된 육체의 연약함 만이 아니라, 거부당할 수 있는 연약함, 소통되지 않아 폐쇄될 연약함도 지닌 존재이다. 아기의 탄생을 앞두고 엄마는 기뻐하는 동시에 이런 한계를 예감한다. 이런 한계를 절감하는 순간 어떤 엄마가 기도하지 않을 수 있을까!

아기를 낳고 기른다는 것은 사랑의 힘이기도 하지만 인간의 한계에 봉착하는 일이기도 하다. 인간이 한 인간을 길러내는 것이야말로 끝없이 자신의 한계를 경험하는 일이다. 모든 어머니들은 양육 과정에서 자녀를 사랑하지만 때로는 사랑하기 때문에 자신으로서는 어쩔 수 없는 한계와 무력감을 느끼게 된다. 때로는 사랑하기 때문에 자신의 의지를 포기하고 모든 것을 내려놓아야 한다. 사랑하는 것은 자신의 의지를 포기하는 것이다. 자신을 비우고 내려놓는 것이다. 진정 자녀를 사랑하는 부모는 아이에게 강요하지 않는 자유로운 사랑으로 대하며, 그럴수록 부모 자신은 역설적으로 무력해진다. 그때 우리는 자신의 아기를 위해 신에게 간구하고 기도하는 것 외에는 아무것도 할 수 없다.

나 역시 아기를 갖고 나서 나에게 보내진 아기의 의미와 소명이 무엇인지, 어떻게 한 인간으로 길러야 하는지, 부모의 역할이 무엇인지 등 신을 향해 아기의 존재에 대한 의미를 묻고 대화를 이어나가며 아기가 내게 오기를 기다렸다. 신을 향한 나의 고백은 신학과 철학 등 학문적 이론 이전의 보다 근원적인 삶의 태도와 방식의 문제였다. 이는 유신론인가 무신론인가 하는 신학적 문제 이전에, 한 아기의 탄생이라는 사건에 동참하는 인간 실존의 문제라 생각한다.

　이 책은 세 부분으로 구성되어 있다.

　1부에서는 아기를 잉태하고 태어나기까지 아기를 기다리는 엄마의 마음을 담고 있다. 아기가 어떤 존재인지 묵상하며 기도하는 마음으로 아기를 기다리는 동안 아기를 만나는 설렘과 앞날에 대한 소망을 기술하고 있다. 그리고 아기를 어떤 존재로 맞이할 것인지, 아기와 어떻게 관계할 것인지, 어떻게 아기를 키울 것인지에 대해 엄마로서의 다짐 등이 담겨 있다. 처음 엄마가 되는 이들과 함께 나누고 싶은 생각도 들어있다.

　2부에서는 아기의 성장 과정에서 아이를 돌보는 부모와 양육자의 노고와 더불어 아기의 성장을 함께 기뻐하고 즐거워하는 마음을 담고 있다. 여기에는 두세 돌 정도에 걸친 아기의 신체발달과 먹고 자고 놀며 자라나는 과정, 언어와 정신의 발달 과정 등 아기의 성장 과정을 기술하고 있다. 특히 아기의 언어발달과 더불어 자아와 자기 세계를 형성하는 과정에 초점을 두어 기록하였으며, 언어습득에서 구체적으로 아기가 보여주는 놀라운 능력과 특징에 대한 철학자의 관찰과 분석을 포함하고 있다.

3부에서는, 아기는 성장하여 미래를 살아갈 새로운 세대로서, 아기의 미래를 생각하며 또한 지금 성인이 된 자녀와 동시대의 청년들을 생각하며, 오늘날 젊은 세대의 고민에 귀 기울이면서, 어떻게 한 아기를 키울 것인지, 어떻게 한 인간의 삶을 개척해 나갈 수 있는지 기술하였다. 아기를 기르면서, 그리고 청년들을 만나 대화하면서 함께 성장하고 깨달은 것도 포함하고 있다.

이 책을 통해 아기의 탄생과 육아에 대한 성찰을 독자들과 공유할 수 있기를 바란다. 그리하여 현재와 미래의 엄마들이 육아 과정에서 직면하는 고민과 문제들을 숙고하고 대처하는 데 작은 도움이 되기를 기대해 본다.

아기로 나에게 왔으나 이제 성인이 되어 자신의 삶의 길을 찾아가고 있는 딸 수빈에게 사랑하는 마음을 담아 이 육아 에세이를 선물하려 한다.

2020년 가을
저자 김선희

| 차례 |

제1부

아기를 기다리며

....

1장

태중의 아기를 위한 노래:
미래의 희망을 노래하다

마니피캇

■ 1998년 11월 ○○일

아가야, 네가 찾아온 걸 처음 안 날, 난 한순간 전율에 떨었다. 그러나 나는 한 번의 준비도 없었지만, 곧 너를 사랑하는 엄마의 마음이 되는 걸 깨닫고 스스로 놀랐단다. 네가 누군지도 모르지만, 이렇게 나는 널 곧 사랑하게 되었다. 그리고 아기를 잉태하고 위풍당당하게 마니피캇을 부르던 성서의 그 여인처럼* 나도 소리 높이 부르고 싶었다.

...

하늘의 축복 받은 아이

내 안에서 신명나게 뛰놀았다.

네 심장의 벅찬 박동을 보았다.

세상의 한 줄기 빛으로

기쁨과 희망을 주는 아이

고통받는 이 행복을 주고

아집과 편견이 사라졌다.

누구나 자신으로 존중받고

서로 사랑하게 되었다.

...

아가야, 넌 누굴까? 왜 우리를 찾아왔을까?

넌 엄마가 누구인지 아니? 아빠는 누구인지 아니?

네가 누구이든 우린 처음부터 널 사랑했다.

---

* 마니피캇(Magnificat)은 예수를 잉태한 마리아가 그의 사촌 엘리사벳
  (세례자 요한의 어머니)을 방문하여 부른 찬미 노래이다.

이제, 너를 만날 준비를 하고 너를 맞이할 차비를 해야지.

우리는 곧 서로 알아볼 것이다.

엄마를 네게 알려주마.

엄마와 아빠의 이야기를 해주마.

내가 본 세상과 사람들과 만남을 네게 들려주고 싶다.

세상의 아름다운 노래를 들려주고

가슴 저미는 감동어린 시를 읽어 주리라.

그리고 언제나 널 사랑하리라.

나는 뱃속의 아기를 처음 알게 된 날, 예수를 잉태한 마리아가 불렀던 노래를 떠올리며 나도 감사의 마음으로 읊어보았다. 마리아가 부른 마니피캇(루가복음 1장 46~56절)은 유대인들의 전통 노래 장르에 속한다. 마리아의 노래는 얼마나 아름답고 숭고하며 위풍당당한지 놀라울 정도다. 이노래는 오늘날 우리에게도 의미 있게 전달이 된다. 이스라엘의 어머니들이 태중의 아기를 위한 기도와 소망을 담아

하느님을 찬미하는 노래를 부르듯이, 아이를 잉태한 엄마들은 아기를 맞이하는 기쁜 마음으로 세상을 향한 희망을 노래 부를 수 있으리라. 마니피캇에는 어머니들의 그런 마음이 깃들어 있다. 나도 아기를 맞이하는 기쁜 마음으로 아기가 살아갈 미래의 희망을 담아 나만의 마니피캇을 불러 본다.

복음서의 마니피캇에는 독특한 구조가 눈에 띤다. 하느님에 대한 찬미와 더불어 아기로 인해 도래할 미래의 희망이 담겨있다. 미래의 희망일진대 이미 이루어진 듯 과거형으로 표현되고 있는 점이 특이하다. 이건 과거의 사건을 회상하는 것이 아니라, 미래의 희망하는 사건을 지금 이미 이룬 듯이 확고히 하는 것이리라. 마니피캇은 이 모든 일이 마치 이미 도래한 듯 노래하고 있다. 아기가 탄생하기 이전에 마리아는 이미 이루어진 희망을 노래함으로써 미래의 성취와 희망이 모두 이루어졌다고 선포한다.

이처럼 마니피캇은 아기에 대한 감사 기도와 아기의 소명을 찾아가는 엄마의 다짐을 확고히 하기에 적합한 노래이다. 나도 아기에 대한 기쁨의 찬양과 감사, 아기와 더불어 올 미래의 희망을 다 이룬 것처럼 과거형으로 표현해 보았다. ('아집과 편견이 사라지고 자유로운 자신으로 존중받으며 서로 사랑하는 세상이 되었다.') 이 희망이 반드시 이루어짐을 믿어 의심치 않는 것이다. 엄마들은 아기를 기다리며 아기와 미래의 희망을 고대하며 자신의 마니피캇을 부를 수 있을 것이다. 아기와 함께 펼쳐질 앞날의 희망을 노래하며 아기를 기다리는 마음가짐을 새로이 할 수도 있을 것이다. 아기의 존재 가치와 존엄과 희망은 엄마의 각오 또한 새롭게 해줄 것이다. 어떤 아기든 아기는 미래의 희망이지 않은가? 우리는 아기에게 미래세대의 꿈과 희망을 기대해야 하지 않은가? 그때 아기는 미래의 새벽을 여는 신성한 존재로 여겨질 것이다.

아기가 태어나면 엄마는 아기를 돌보느라 깊이 생각할 겨를 없이 바쁜 하루를 보내곤 한다. 뱃속에 있을 때 아기에 대해 가장 많이 생각할 수 있는 때인 것 같다. 이때 아기의 선물에 대한 감사와 찬미, 그리고 미래의 희망을 노래하

며 아기의 소명을 준비해 보면 어떨까! 엄마들은 자신의 소
망을 구체적으로 표현해 봄으로써 아기를 어떻게 키울 것
인지 다짐하는 계기가 될 것이다.

기도하는 마음으로 새해맞이

■ 1999년 1월 1일 (기묘년 새해 첫날 해돋이를 바라보며)

아가야, 아직 동트기 전 어스름한 새벽녘에 아버지(아가야, 너에
겐 할아버지가 되겠지)와 함께 일출을 보기 위해 사라봉으로 올랐
단다. 걸으면서 약간은 차갑고 신선한 공기에 기분이 상쾌하였
다. 푸른 바다가 멀리까지 내다보이는 봉우리에서 해가 떠오르
길 기다리며 앉아 있었다. 한라산 아랫부분에 구름이 걸려 있어
해를 볼 수 있을지 의문이었지만, 어느 순간 해가 나오더니 구름
틈 사이로 반쯤 얼굴을 내미는 데 해맞이 온 사람들이 탄성을 지
르기 시작했다. 구름에 가려 완전히 둥그런 해를 볼 순 없었지
만, 충분히 감동어린 해돋이 장면이었단다. 붉은 해가 구름을 사

이에 두고 투명하게 빛나며 떠오르고 있었다.

　신성한 기분에 잠겨 나는 '몇 걸음 앞으로 나아가' 기도하는
마음으로 아기의 건강한 탄생을 빌었다.

　다시 새해가 되었습니다.

　언젠가 새해에 이곳에서 드린 제 기도를 당신은 들으셨습니다.

　제게 사랑의 선물을 주시고 새 삶을 주십니다.

　당신이 주신 우리 아기가 건강하게 태어나고 자라서

　소명을 다하며 살게 하십시오.

　우리 부부와 이 아기가 사랑으로 한 가족을 이루고

　당신의 은총 아래 성스러운 가족이 될 수 있기를 기도합니다.

　그리고 나머지 모든 일은 그 안에서 이루어지길 바랍니다.

■ 1999년 2월 ○○일 (열두 번째 결혼기념일을 맞이하여)

원에게!

우리가 결혼한 지 어언 열두 해가 되었습니다. 그동안 서로 아끼

고 사랑하고 이해하며, 당신 덕분에 좋은 기억이 더 많았던 시간을 떠올려 봅니다. 오늘 그 고마움과 사랑을 당신에게 전하고 싶습니다.

그리고 이제 태어날 우리 아기로 인해 지금까지와는 다른 소명과 삶이 우리에게 찾아오고 있습니다. 그래서 이번 결혼기념일은 우리에게 더욱 뜻깊은 날인 것 같습니다. 이제 우리 둘이서 부르던 화음은 셋이서 조화를 이루도록 노력해야 되겠지요. 하지만 그동안 우리가 서로 사랑했던 것처럼, 이 아이와 더불어 사랑하는 참다운 가족을 이룰 수 있을 것을 믿습니다.

얼마 전에 타고르의 시를 읽었는데 당신에게 들려주고 싶습니다. 「시초」라는 시로 아가와 엄마의 대화입니다. 우리 아기와 대화하는 마음으로 읊어 봅니다.

'나는 어디서 왔어요, 엄마는 어디서 나를 가졌어요?'

아가가 엄마에게 물었습니다.

엄마는 반쯤 외치고 반쯤 웃으며 아가를 가슴에 껴안고 대답했습니다.

'너는 내 가슴 속 소망으로 숨어 있었단다, 아가야.

너는 내 어렸을 적 소꿉놀이 인형에 숨어 있었고

내가 아침마다 진흙으로 신의 모습을 만들 때 나는 너를 만들었다 부수었다 했다.

너는 우리 집안 수호신과 더불어 신전에 모셔졌고

그의 예배 때 나는 너에게 예배했다.

내 모든 희망과 사랑 속에, 내 생명 속에,

내 어머니의 생명 속에 너는 살아 있었다.

우리 집안 다스리는 불사의 성령 무릎에 안겨

너는 여러 해 동안 양육되었다.

소녀적 내 가슴이 꽃잎을 열고 있을 때

너는 그 둘레 향기처럼 맴돌았다.

너의 따스한 부드러움은 해돋이 이르기 전 하늘을

채우는 햇살처럼 내 젊은 사지에 꽃피웠다.

아침 햇살과 쌍둥이로 태어난 하늘의 첫 아가야,

너는 세계의 생명 줄기에 떠 흘렀고, 마침내 내 가슴에 상륙했다.

눈여겨 네 얼굴 바라볼 때 신비가 나를 휩싸 안는다.

모두에 속한 네가 내 것이 되었다니.

너를 잃을까 나는 가슴 속에 너를 꼭 껴안는다.

내 가냘픈 팔 안이 세상의 보물을 어떤 마술이 꾀어 왔던가?'

원!

오늘 우리 만남과 결혼을 축하하고, 우리 아이를 주심에 함께
감사드려요. 하늘도 우리를 축복하는지 새벽부터 하얀 함박눈
이 조용히 내리고 온 세상을 순결하게 뒤덮고 있습니다.

우리 앞으로도 사랑으로 모든 어려움을 이기고,

더욱 성실과 진실함으로 살아가도록 노력해요!

1999년 2월 ○○일

열두 번째 결혼기념일을 맞아 남편에게 편지를 보내며,
아기와 함께 우리가 한 가족이 되는 것을 생각해 본다. 그
러고 보니 태어날 아기는 결혼 13년 만에 우리에게로 오는

것이 아닌가! 그렇지만 시인의 말처럼 이 생명, 이 아기는 내 어린 시절부터 어머니의 생명 속에서, 내 생명 속에서, 세상의 생명의 샘을 따라 유유히 흐르다가 '마침내 내 가슴에 상륙'한 것이다. 우리 부부에게로 찾아 흘러온 것이다. 작고 여리고 연약하지만 강인한 생명의 힘으로 파고를 헤치며 우리에게 도달한 것이다. 우리는 이 아기를 사랑으로 귀하게 맞이해야 할 것이다. 아기를 포함한 우리 가족, 세 개의 화음이 조화를 이루듯, 서로 아끼며 자유로운 사랑으로 함께 하는 가족을 꿈꿔 본다.

내 안에서 자라나는 아기와의 대화

■ 1998년 12월 ○○일 (아기의 심장 뛰는 소리를 처음 듣던 날)

아가야, 오늘은 네가 잘 있는지 검진받는 날이야. 의사 선생님께서 진찰기를 배에다 대고 소리를 들려주는데, 조금 후 너의 심장 뛰는 소리를 들었어. "툭탁 툭탁…." 그토록 튼튼한 심장 소리를 엄마에게 선사하다니, 너의 심장소리에 난 한동안 놀라움과 기쁨에 사로잡혔단다. 이 세상의 어떤 소리가 이런 전율과 감동을 줄 수 있을까!

■ 1998년 12월 ○○일

엄마는 방학을 했단다. 학교 일을 서둘러 마무리하고 그동안 기다리던 할머니 댁에 갈 수 있게 되었지. 비행기를 타고 가면서 푸른 하늘과 바다, 저녁노을, 지는 붉은 태양을 보며 너를 가만히 쓰다듬었단다. 할머니 할아버지가 네 소식을 듣고 얼마나 기뻐하셨는지 아니? 엄마와 아빠가 너무나 착해서 하늘이 복을 주셨다는 할머니 말씀을 기억할 거야. 모두들 너를 사랑과 기쁨으로 맞이하고 있단다. 할머니 할아버지는 우리를 위해 싱싱한 생선이랑 영양이 풍부한 온갖 맛있는 음식을 준비하고 계셨단다. 네가 건강하게 태어나기를 바라는 마음에서. 우린 이곳 제주에서 열흘 정도 휴식을 취하면서, 맑은 공기를 숨 쉬고 바다도 보고 산책을 하면서 보낼 거란다. 훌륭한 휴가가 되겠지?

■ 1999년 1월 ○○일

아가야 너는 잘 자라고 있구나. 초음파 검사 후 두 장의 사진을 받아보았단다. 눈, 코, 입, 귀, 등뼈가 선명하게 드러나 있는 네 모습을 보았어. 너의 얼굴 모습과 마치 거북이처럼 웅크리고 얌전히 엎드려 있는 너를 보았단다. 의사 선생님이 아무 탈 없이 잘 있다고 말해 줘서 안심이 되었어. 난 이미 태동을 느끼고 있단다. 며칠 전부터 가만히 정신을 집중하면 배에서 아기가 톡톡거리는 것이 느껴지곤 했지. 제법 볼록볼록하며 움직이는 너의 몸짓이 여기저기 엄마를 건드리고 있구나.

■ 1999년 2월 ○○일

아가야, 오늘 너의 건장한 심장 소리를 듣고는 담당 의사가 말해주기 전에도 엄마는 네가 건강하게 잘 있다는 걸 알 수 있었단다. 집에 오는 길에 서점에 들러 여러 가지 책 구경을 했단다. 그리고 너에게 들려줄 만한 아름다운 동화와 그림책들을 보았어. 네가 좋아할 만한 책들을 골라 봐야지.

...

이제 어느덧 겨울 방학이 다 지나갔다. 이번 방학은 오랜만에 여유를 가지고 아기와 더불어 긴 휴식을 취한 것 같다. 이제 7개월에 접어들어 배가 서서히 불러오면서 잠을 자거나 몸을 움직이는 동작 하나도 예전과 달리 조심스럽다. 어젯밤에는 아기가 많이 움직이며 노느라 한참 깨어 있었다. 세찬 움직임을 보니 근육의 힘이 꽤 세어진 것 같다. 처음 볼 때 손톱만한 크기에서 이젠 커다란 손바닥만큼 더 자랐을 것이다.

다음 주면 학기가 시작된다. 이제 서서히 발표하기로 약속한 논문도 준비하고, 몸에 무리 가지 않는 범위에서 다시 연구에 몰두해야 하겠다. 방학 동안 잘 쉬었고 에너지도 축적되었으니 이제 다시 힘차게 시작할 수 있을 것이다. 그리고 내가 기여할 수 있는 학문 분야를 좀 더 구체적으로 확장해야겠다. 이젠 태어날 아기와 더불어 학문을 해야 하는 상황에 익숙해져야겠지만 잘해 나갈 수 있으리라 믿어본다. 새로운 각오로 새 학기를 맞이하게 된다.

이제 어느덧 임신 후기로 접어들었다. 나의 컨디션도 좋은 편이고, 아기도 지금까지 건강하게 잘 자라고 있다. 이 모든 것에 감사했다. 요즘은 체조, 수영, 산보 등 적당한 운동을 계속하고 있다. 특히 수영을 하고 나면 몸이 훨씬 가뿐해지고 상쾌한 기분이든다. 아기도 좋아하는 느낌이다. (아가야, 내가 자유롭게 배영을 즐기는 동안, 너도 엄마 뱃속에서 신나게 떠다녔겠지?)

… 이번 정기검사 때 아기의 심장 박동 소리를 들었다. 아가의심장 박동을 듣는 것은 항상 설레는 일이다. 지난달에는 '톡탁'거리는 소리가 들리더니, 이젠 더욱 세차고 힘 있게 '쿵, 쿵'하고들린다. 그 소리만으로도 얼마나 튼튼하고 많이 자랐는지 알 것같다. 요즘은 뱃속에서도 아기가 힘차게 놀고 있음을 느낀다. 이제는 아기의 몸과 기관이 모두 갖추어져 있다고 한다. 앞으로 좀더 자라면 우리가 만나게 될 것이다.

■ 1999년 4월 ○○일

아가야, 지난주에 학회 논문 발표, 강의, 독회 등으로 분주하다
보니 제대로 휴식을 취하지 못했는지 몸이 좀 고단하구나. 너도
엄마처럼 피곤하지? 그래서 오늘은 수영으로 긴장한 몸을 풀고
일찍 쉬기로 했단다. 수영하는 동안 오늘은 '스르륵, 스윽-'하는
네 몸의 움직임이 뚜렷이 느껴져 너도 함께 수영한다는 것을 알
수 있었어. 그리고 수영하는 동안에 팽팽하던 배가 부드러워지
는 걸 보니 넌 수영을 참 좋아하는 것 같구나. 요즘 들어 너의 움
직임이 크고 매우 활발해졌어. 두 손발을 함께 뻗는지 배 양쪽이
볼록 튀어나오고, 만져보면 여기저기 울퉁불퉁하고, 천천히 쓰
다듬다 보면 엄마 손에 네 몸이 거의 닿는 듯한 촉감이 느껴져서
묘한 기분이 든단다.

　이젠 네가 어느새 독립적으로 움직일 만큼 자라고 세상 밖으
로 태어날 준비를 하고 있구나. 그래서인지 어젯밤 꿈에 네가 태
어나 있는 모습을 보았단다. 무엇보다도 까맣고 반짝거리던 네
눈동자가 선명하게 떠오른다. 꿈이 너무나 선명했고, 무언가 교
감하듯 아기의 깊고 맑은 눈동자는 감명을 주었다. 이미 한 인간

으로 완성된 존재임을 확신할 수 있었다. 그래도 앞으로 한 달은 더 기다려야겠지? 아가야, 그동안 엄마 배 속에서 더욱 건강하고 안정된 모습으로 잘 지내고 있기를 바란다.

■ 1999년 5월 ○○일

오늘은 의사가 모니터를 통하여 아기의 얼굴, 머리, 손, 등뼈, 뛰고 있는 심장, 콩팥, 간, 다리, 발 등 등을 모두 보여주었다. 아기의 머리는 배 아래쪽을 향해 깊숙이 있었고 거기서 왼쪽 배에 이르기까지 등뼈와 엉덩이가 있고 넓적다리와 발은 오른쪽 배를 향해 있었다. 매일마다 오른편 배 쪽으로 쑥 내밀던 것은 예측대로 아기의 발이었다. 아기가 무릎을 구부렸다 폈다 하면서 오른쪽 배를 볼록하게 만들었나 보다. 그 모습을 상상해 보니 너무나 귀엽고 웃음이 나왔다. 이렇게 아기는 정상적인 위치로 뱃속에 자리 잡고 있었고, 아기의 몸무게는 벌써 2,640그램이 되었다. 아기는 건강하고 양호하다고 한다.

아가야!

넌 이만큼이나 자랐고 엄마 뱃속에서 편히 잘 지내고 있구나. 건강하고 착한 아가야, 2~3주 정도 후면 이 세상을 바라보며 숨 쉬고 있겠지? 무사히 이곳에 도착하여 우리 기쁘게 만나자. 너는 누구이며 어떤 모습으로 우리 품에 도달할 것인가!

■ 1999년 6월 ○○일

아침에 일어나 집안을 정리한 후, 몸을 깨끗이 하고 준비를 하였다. 내일이면 아기가 태어난다. 아기를 가진 후 지금까지 무탈하게 잘 지내온 것에 감사드리고, 또한 내일도 탈 없이 건강하게 아기가 태어나기를 기도한다.

당신은 늘 저와 함께하셨나이까?

저는 당신을 찾지 않은 날도 많았습니다.

그러나 당신은 사랑으로 언제나 함께하셨음을 믿습니다.

내일도 우리 아가의 탄생 자리에 함께하고 축복해 주십시오.

아가야, 지금도 넌 내 안에서 스르르 조용히 움직이고 있구나. 열 달 동안 우린 함께 했고, 이제 내일이면 곧 너를 만나게 될 거야. 넌 어떤 모습을 했을까? 누구일까? 아가야! 우린 널 사랑한다. 언제까지나.

처음으로 뱃속의 아기를 알게 된 날, 완두콩만 한 생명체가 심장 박동 소리를 내던 날부터 아기와 교감하며 나누었던 대화들이 혼자의 독백에서 시작하여 앞으로 점차 상호 교감하는 대화로 변화해 갈 것이다. 엄마의 뱃속에서 벌어지는 열 달 동안의 사건들을 감지하며 작은 생명체가 자라서 몸의 형체를 갖추고 세상에 나올 준비를 하는 것을 알 수 있다. 한 존재가 세상에 나오기 위해 엄마의 몸 안에서부터 아기는 쉼 없이 움직이며 자신의 존재를 알리곤 한다. 놀랍게도 아기의 신호는 촉각으로도 경청이 가능하다. 이 과정에 귀 기울이면 태어날 아기와 인격적으로 교류하는 느낌을 갖게 된다. 그동안 형성된 관계로 인해서인가, 꿈에 나타난 아기는 완성된 한 인격으로 실감할 수 있었다.

2장

낯선 손님을 맞이하듯:
자유로이 자신의 길을 가게 하라

우리를 찾아온 낯선 손님

■ 1998년 11월 ○○일

우리의 삶이 조건 없는 선물이듯이

어느 날 갑자기 당신은 우리에게 한 아이를 보냈습니다.

아무런 대가 없이 사랑의 선물을 주셨습니다.

지금까지 많이 살았다고, 그래서

더 새로운 것은 없으리라고 생각했습니다. 하지만

당신은 언제나처럼 새로운 일과 만남을 마련하십니다.

그리고 그 만남을 통하여 당신은 때로 모습을 드러내고

우리의 삶이 신비스럽다는 걸 깨닫게 합니다.

이 선물의 의미는 무엇입니까?

당신이 다 아시는 저의 생에

제 소명이 달리 남아있는 까닭입니까?

나는 누구이며, 이 아이는 누구입니까?

내가 누구인지 아직 다 모르듯이

당신이 점지하신 이 아이가 누구인지 전 알 수 없습니다.

우리를 찾아온 놀라운 이 '낯선 이'를 다만

아브라함이 이방인을 맞이하듯* 기쁘고 정성스럽게 맞이하

겠습니다.

---

* 창세기 18장에는 아브라함이 자신의 천막 앞을 지나는 손님을 보자,
달려 나가 맞이하고 정성스럽게 환대하는 모습이 등장한다.

당신을 맞이하듯 사랑스러운 우리 아이가 도착하기를 기다립니다.

그리고 당신이 그랬듯이 있는 그대로 받아들이고

조건 없이 환대하며

당신의 사랑을 따라 베풀겠습니다.

그러면 그 아이가 누구인지 당신이 가르쳐 줄 것입니다.

…

아가야, 넌 벌써 내 몸을 바꾸고 내 삶을 바꾸고 있다.

멀미하듯 속이 울렁거리고 때때로 혼미한 잠으로 나를 이끄는 것은 바로 너였다.

하지만 네가 존재하는 기호이며

내게 보내는 기쁜 신호로 받아들이게 되었단다.

그러나 나는 알고 있단다.

지금은 내 몸 안에서 나에게 기대어 있지만

너는 독립적인 인격으로 자랄 것이다.

생의 한가운데를 통과하며 우린 만났고

너를 귀한 '손님'으로 환대하며

너 자신의 길을 자유로이 갈 수 있기를 기도할 것이다.

아기는 내게 어떤 존재일까? 엄마와 아기의 관계는 무엇이며, 부모와 자녀는 어떤 관계여야 할까? 나에게 아기는 '손님'이라 생각했다. 한편으로는 낯선 손님이면서, 다른 한편으로는 귀하고 기쁜 손님이다. 내게로 온 아기를 알아챈 순간 나는 왜 손님을 떠올렸을까? 손님의 의미는 무엇인가? 우리는 손님을 대할 때 의중을 헤아리며 불편함이 없도록 정성을 다한다. 동시에 내 의지대로 요구하거나 간섭하지 않고 손님의 의사를 존중하며 독립적인 관계를 유지한다. 둘 사이에는 서로 억압하거나 개입하지 않는 자유로운 공간이 놓여 있다. '손님'의 상징은 나의 분신이거나 내 뜻대로 할 수 있는 소유물이 아니라 독립적 인격이라는 것을 나타낸다. 아이를 손님을 맞이하듯 하는 것은 자녀를 독립적인 한 인격으로 존중하고 환대하는 것이다. 물론 아기는 많은 돌봄이 필요한 존재지만 그렇다고 부모에게 종속된 것은 아니다. 배려하되 무례하게 간섭해선 안 될 것이다.

또한 손님은 잠시 머무르다 길을 떠날 사람이듯, 자녀도 때가 되면 부모를 떠나 자신의 길을 가야 한다. 아기는 부모에게서 태어났으나 부모로부터 자유롭게 세상에 나아갈 존재이다. 얼마간 동행하다가 자신의 길을 떠나야 하는 손님이다. 그런데 왜 '낯선' 손님인가? 자녀를 '낯선' 손님으로 대우한다는 것은 부모가 알지 못하는 자신만의 세계를 가진 고유한 존재로 받아들인다는 것을 의미한다. 또한 그것은 내가 아이에 대해 다 알지 못한다는 것, 아이가 누구이며 어떤 존재인지 아이의 미래에 대해 모른다는 것을 겸허하게 받아들이는 것이다. 이는 아이의 이해할 수 없는 낯선 부분에 대해서도 평가와 판단을 보류하고 존중하는 것이다. 내가 자녀를 다 안다는 생각은 독재를 행사하도록 부추긴다. 자녀를 부모의 한계 안에서 통제하려고 하기보다, 자녀가 자기의 세계를 형성하며 고유한 존재로 성장해 나가는 것을 기쁘게 여기고 존중해주어야 하리라.

구약성서에는 손님과 손님맞이에 관한 이야기가 많이 등장한다. 그중에서도 아브라함이 이방인을 맞이하는 태도는 강렬한 인상을 준다. 아브라함은 집 앞을 지나는 손님을 보자 달려 나가 환대하며 정성을 다하여 음식을 대접하고 '원기를 돋은 후 길을 떠나기'를 청한다. 손님의 중심 이미지는 한편으로 '환대'이고, 다른 한편으로 '길 떠남'이다. (아브라함은 낯선 손님을 환대한 이후에 신으로부터 아들 이사악의 잉태와, 그로 인해 퍼져나갈 수많은 민족을 약속받는다. 손님 환대는 그가 어떤 사람인지를 나타내는 성품의 중요한 척도라는 것을 보여준다.) 성서가 나타내는 손님들은 모두 떠나갈 사람임을 분명히 하고 있다. 각자 자신이 갈 길을 가야 하는 사람들이다. 성서의 손님 이미지는 돕거나 돌보거나 초대하고 환대하되 저마다 가는 길을 서로 방해하지 않는다. 부모와 자녀의 관계도 마찬가지이다. 자녀는 부모의 분신이 아니다. 부모에게 속한 소유물도 아니다. 아기는 예상했건 안 했건, 때론 초대하고 기다린 끝에 우리를 방문한 손님이다. 아기를 정성스럽게 돌보고 환대하되, 자녀가 자신만의 세계를 만들어가는 것을 존중하고 자녀가 자신의 길을 가는 걸 방해해선 안 된다. 마찬가지로 부모에게도 자신의 길이 있다. 누구나 각자 자신의 인생을 살아야 하듯이, 돌봄을 받는 이나 돌보는 이나 결국엔 각자의 길을 가야 하리라.

물론 아기는 부모에게 낯설기만 한 손님이 아니라 기쁨을 주는 반가운 손님이다. 손님을 즐거이 맞이하듯, 자녀를 즐겨라. 자녀와 함께 하는 시간을 즐겨라. 손님과 더불어 좋은 시간을 보낼 때 우정이 싹튼다. 부모도 자녀와 함께하는 시간을 즐기며 기쁨을 나눌 때 사랑이 깊어진다. 자녀를 즐기기 위해서는 자녀에 대한 지나친 근심과 염려, 불안과 두려움에서 벗어나야 하리라. 있는 그대로 자녀의 존재를 기뻐할 줄 알아야 한다. 심리적 억압을 떨쳐내야 자유로움 속에서 기쁨이 샘솟는다. 자유로운 기쁨 속에서 부모와 자녀 간에 진정한 우애가 싹튼다.

자녀 양육이 고된 의무만이 아니라 진정 즐거움이 될 수 있을까! 오늘날 우리 사회에서 자녀 양육과 교육은 심신으로 사력을 다해야 하는 고된 노동이 되어가고 있다. 부모는 자녀를 즐기는 기쁨보다 자식의 미래에 대한 염려와 불안으로 압박받고 있다. 이 시대와 사회가 요구하는 기대와 가치를 좇아가지 못할까 봐 불안과 두려움에 사로잡혀 있다. 하지만 우리가 누군가를 사랑하기 위해서는 자유로운 사람이 되어야 한다. 부모가 자녀를 사랑하기 위해서도 불안과 두려움으로부터 해방되어야 한다. 진정 사랑하기 위해서는 자신을 구속하는 장애물들, 두려움과 분노, 원한과 적개심, 근심과 조바심 등으로부터 벗어나야 한다. 마음의 부담에서 벗어날 때, 누군가를 기쁘고 자유롭게 사랑할 수 있으리라. 부모의 자유로운 사랑이 자녀를 자유롭게 해주며, 자녀가 장애물을 헤치고 자유롭게 자신의 길을 찾아가도록 용기를 줄 수 있다.

엄마의 일과 소중한 사람들

아기에게 엄마의 일을 알려주며, 엄마도 자신의 길을 가는 사람이라는 것과 각자 자기 인생의 소명과 과제가 있음을 보여줄 수 있다. 자녀가 부모를 떠나 자유롭게 날아가도록 하는 것이 부모의 소임이다. 그러기 위해서는 부모도 자기 삶을 성실하게 살아가야 한다. 자녀에게 부모의 부담을 지우지 않는 최선의 길은, 자유로운 관계 속에서 부모도 각기 자신에 이르는 길을 걸어가는 것이리라.

■ 1999년 3월 ○○일

아가야, 오늘은 겨울 방학을 마치고 봄 학기가 시작되는 첫날이란다. 아침 첫 교시에 강의가 있어 오랜만에 일찍 학교에 나왔단다. 상쾌한 아침이다. 이 학기가 끝날 즈음 초여름에 아마 네가 세상에 태어나게 되겠지. 이번 학기는 무리하지 않게 윤리학 한 과목만 강의하기로 했어. 강의 시간은 적지만, 발표할 논문 준비와 연구주제 탐구에 많은 시간을 보낼 생각이야. 오늘은 날씨가 봄처럼 화창해서 점심 식사 후 햇살을 즐기며 후배와 함께 캠퍼스를 산보했단다. 목련 봉우리가 피어날 날을 기다리며 촘촘히 달려 있고 개나리 가지에는 파란 물이 올라오고 있는 걸 보니 이제 겨울이 다 지나고 봄이 오려나 봐. 아가야, 엄마는 이제 매일 아침 일찍 등교하여 공부하다 너와 함께 이 아름다운 교정을 거닐려고 해. 노래도 부르고, 이야기도 하면서.

■ 1999년 4월 ○○일(토)

아가야, 오늘은 이미 여름이 된 듯 뜨거운 햇살과 더위마저 느껴지는 날씨란다. 오늘 한국여성철학회 창립 2주년 심포지엄이 열렸고, 첫 번째로 엄마의 논문 발표가 있었단다. 이제 9개월로 접어들어 배가 커질 만큼 네가 많이 자라서 사람들로부터 너와 엄마에게 보내는 축하 인사를 많이 받았단다. 엄마도 네가 자랑스러웠단다. 그리고 아가야, 오후 내내 발표와 질문, 토론이 계속되는 동안에도 힘들었겠지만 건강하고 얌전하게 잘 있어 주어서 고마웠어. 너는 사려 깊고 인내심이 강한 아이일 거라는 생각이 들어.

엄마는 지금껏 철학을 사랑하고, 학문의 길을 선택한 후 내 분야에서 열심히 연구하고자 노력해 왔단다. 아가야! 너도 앞으로 엄마의 일과 학문을 이해하게 될까? 아마 너도 크면서 네가 사랑하고 열정을 바칠 수 있는 일을 가지게 되겠지? 그때에도 우리가 서로 이해하고 용기를 줄 수 있기를 바란단다. 사랑한다. 아가야!

■ 1999년 2월 ○○일

아가야, 오늘 엄마가 존경하는 정 선생님을 만나 뵈었어. 학문만이 아니라 삶에서도 모범이 되는 은사님이란다. 그분은 엄마와 아빠가 결혼하던 날 주례를 서 주셨고 우리를 무척 아끼시는 분이란다. 물론 이미 네 소식을 듣고 매우 기뻐하셨고 너를 사랑으로 기다리신단다. 오늘 귀한 네가 왔다고 맛있는 점심을 사주셨는데 너도 알고 있지? 선생님의 다정한 목소리와 점심을 들면서 나누었던 네 이야기를 너도 들었을 테니까. 이처럼 많은 사람들이 너를 축복해 주니 넌 참 행복한 아이란 걸 느낄 수 있을 거야. 네가 받은 사랑과 축복만큼 남에게도 기쁨을 주는 사람이 됐으면 해. 나는 행여 내 기대나 욕심대로 요구하지 않고, 진정 자유롭게 네가 소망하는 참된 삶을 살기를 기도한단다. 난 그런 엄마가 되길 노력할 거야. 다만 우리가 정말 서로 믿고 사랑할 수 있으면 좋겠어. 아가야 그게 엄마의 유일한 바람이란다.

■ 1999년 4월 ○○일

아가야, 오늘은 J 신부님을 만났단다. 지난해 초겨울 이후 오랜만의 만남이었어. 그때 네 소식을 듣고 축복해 주고 너를 위해 기도해 주셨단다. 누구시냐고? 네게 신부님의 이야기를 들려줄게. 엄마가 이 세상에서 만나 삶의 의미를 나눌 수 있는 소중한 친구 중의 한 분이란다. 나를 들여다볼 수 있는 순수한 거울이 되어 주는 맑은 영혼을 가진 분이지. 아가야, 너도 언젠가는 만날 수 있을 거야. 너 역시 그분을 존경하고 좋아하게 되리라고 믿는다.

아가야! 난 신부님을 만날 때마다 삶에 대한 진지함과 진실을 다시금 느끼고 나 자신과 일상의 삶을 되돌아보게 된단다.

세상일 속에서 오염되지 않으면서도 또한 나약하지 않은 통찰력을 가지고 삶을 대하는 걸 보면서 참으로 귀한 성품이라고 느낀단다.

오늘은 서강대 나무 그늘 벤치에 앉아서 이야기를 나누고 저녁을 먹은 후 헤어졌단다. 신부님께서 책 두 권을 선물하셨고, 나는 내가 그동안 줄곧 읽던 타고르의 시집을 드렸어. 네게도 가끔 들려주던 영혼을 울리는 아름다운 시들이 담겨 있는 책이란다. 그리고 네가 태어나면 너를 보러 오신다고 약속하셨어. 너도 그분을 빨리 만나고 싶지?

아기가 엄마의 세계를 이해할 수 있는 길은 엄마의 일만이 아니라, 엄마의 관심과 엄마가 소중히 여기는 사람들의 이야기를 들려주는 것이리라. 세상의 소중한 만남들에 대해, 어릴 적부터 우정을 가꿔 온 친구, 영혼의 거울 같은 친구, 학문의 길에서 만나 이끌어주고 기꺼이 동료가 되어 주신 은사님, 그리고 아빠, 할머니와 할아버지 등 사랑하는 사람들의 이야기를 들려줄 수 있을 것이다. 이분들의 이야기를 통해 엄마가 추구하는 삶과 세계를 이해할 수 있을 것이다.

아기를 기다리는 마음

아기는 낯선 손님이지만, 동시에 기쁜 손님이자 귀한 손님이다. 기쁜 손님을 기다리는 마음으로 아기를 맞이할 준비를 한다.

■ 1999년 4월 ○○일

아가야, 오늘은 아빠와 함께 ○○에 가서 네가 태어나면 필요한 여러 가지 물건들을 샀단다. 배냇저고리, 배냇가운, 내의, 기저귀, 거즈 손수건, 아기 이불 세트, 배게, 속싸개, 겉싸개, 우유병, 소독기, 온도계, 목욕통과 그네, 로션, 분통… 등등. 조그맣고 귀여운 아기용품들을 바라보며 네가 태어날 날을 생각해 본다. 언젠가 휴일에 이것들을 삶고 소독하여 네가 깨끗하고 포근하게 입을 수 있도록 해줄게.

■ 1999년 4월 ○○일

아가야! 오늘은 일요일이라 그동안 미루던 방 이사를 했단다. 네가 태어날 날을 대비해서 책장들과 침대를 옮기는 등 가구 배치를 새로이 했단다. 아빠는 아침부터 슈퍼맨이 된 듯 무거운 책상과 침대도 번쩍 들거나 순식간에 이리저리 옮기면서 재빨리 일을 마쳤단다(오늘은 아빠가 갑자기 힘이 세진 것 같아). 그리고 오후에는 K이모(네게는 막내이모가 되지)가 와서 방과 거실을 소독하면서 깨끗이 청소해 주었어. 청소와 정리를 마치고 나니, 방 분위기도 새롭고 쾌적한 기분이 든단다. 이제 얼마 없어 네가 태어날 텐데, 너의 보금자리 준비를 마치게 돼서 기쁘고 다행이구나.

드디어 5월, 신록이 푸르른 오월이란다. 아가야! 밤새 잘 잤니? 오늘은 아침 일찍부터 네가 입을 배냇저고리 등 속옷과 기저귀 그리고 침구류 등을 세탁하고, 소독하기 위해 끓는 물에 삶았단다. 아빠는 펄펄 끓는 물에 담긴 세탁물을 세탁기에 붓다가 팔을 데어 거기에다 종일 얼음을 대고 있어야 했어. 그래도 아빠는 신이 난 듯 개의치 않고 분주히 움직이며 일을 마쳤어. 아빠는 요즘 휴일마다 네가 태어날 준비를 하느라 열심이란다. 엄마 아빠의 이런 마음을 너는 알까?

오늘은 날씨가 맑고 쾌청하여 빨래하기 좋은 날이구나. 건조대에서 빨래를 다 말린 후 바구니에 차곡차곡 개어 정리해 놓았단다. 아가야, 이렇듯 우리는 기쁜 마음으로 너를 맞을 준비를 하나하나 해 나가고 있단다.

그리고 지난번에 신부님이 선물하신 『모리와 함께한 화요일』을 읽었는데, 가슴을 울리는 감동적인 이야기였어. 아가야, 너도 느꼈겠지만, 루게릭이라는 병으로 몸이 사그라드는 고통과 무력감 앞에서도 죽음을 통해 삶의 의미들을 이야기하는 노교수와의 대화에 엄마는 감동과 전율을 느꼈단다. 죽음, 가족, 감정, 돈, 자기 연민, 후회, 결혼, 문화, 용서, 작별 등의 주제에 대해서 우리가 평상시에 잘 안다고 생각하지만 피상적으로 받아들이던 것들을, 그는 죽음 앞에서 이런 삶의 문제를 보다 더 진지하게 성찰하고 있었단다. 그리고 (신체적인 무력감 앞에서 나 또한 그럴 수 있을지 아직 자신은 없지만⋯) 고통과 죽음 앞에 굴복하지 않으면서도 지극히 인간적인 면모를 가진 모리 교수의 강인하고 다감한 태도에 깊은 존경을 보낸단다.

■ 1999년 5월 ○○일

요즘은 뱃속에서 아기가 하루가 다르게 무럭무럭 자라고 있음을 실감한다. 아기의 움직임이 얌전하면서도 활발한 힘이 느껴지고, 때로는 배의 여기저기에서 내미는 아기의 몸을 만질 수도 있게 되었다. 이제는 항상 함께 있다고 자각될 만큼 아기는 뱃속에서도 계속 자기의 존재를 알려온다. 가만히 귀 기울이면 내 심장소리와 구분되는 아기의 심장 박동이 감지된다. 신기한 일이다. 아기는 내 몸 안에 있으나 자신의 심장을 가진 독립적인 생명체로 자라나고 있는 게 아닌가?

■ 1999년 6월 ○○일

유월의 첫날이다. 며칠 동안 잠이 모자랐는지 지난 주말부터 감기 기운이 있더니 금방 낫질 않는다. 그래서 오늘은 집에서 긴장을 풀고 푹 쉬기로 했다. 학기도 끝나고 출산 준비도 거의 됐으니 이제 걱정은 던 셈이다. 오늘은 집에서 쉬면서, 병원에 있는 동안 필요한 것들과 아기용품들을 다시 한번 정리하고 가방에 준비해 두었다.

이제 일주일 후면 우리 아기가 태어난다. 그러고 보니 어느새 열 달이 지나는 동안 내 뱃속에서 아기가 자라고, 이렇듯 세상에 나올 만큼 커져 있다는 것이 놀라웠다.

아가야! 보고 싶은 아가야, 이제 우리 곧 만나겠지. 하지만 지금도 넌 이미 엄마에게 손과 발을 내밀면서 인사를 하고 있구나. 너를 보면 오래 만나 온 사람처럼 어쩌면 널 알 것 같기도 해. 넌 얌전하게 움직이면서도 명랑하고 따뜻한 마음을 가졌을 거라고 생각해. 아가야! 널 언제나 사랑한다. 또 많은 사람들이 너를 축복해 줄 거야! 우리 곧 만나자~

3장

아기의 존재:
있는 그대로 사랑하라

존재 자체의 가치

■ 1999년 6월 ○○일

아기가 태어났다. … 세상에 나오는 아기의 울음소리를 들었다. 아기 얼굴을 보고 손도 마주잡아 보았다. 사랑스러운 딸이다! 아가야, 아! 난 너를 알고 있었다! 너무나 낯익은 너의 모습! 언젠가 보았고 알던 얼굴처럼! … 우리가 지어 둔 딸 이름은 빈(彬)! 탁월한 성품과 영롱하고 은은한 빛의 아기라는 뜻의 수빈! 우리의 아가 수빈이가 이 세상에 태어난 것이다.

수빈아! 우리가 이제 만났구나! 이 두 손안에 들어온 작은 아기를 품에 안는 기분을 어떻게 설명할 수 있을까? 내게로 온 너의 존재는 그 자체로 기적이고 선물이다. 아가야, 사랑한다. 너를 사랑하는 것은 아무런 유익을 구하지 않는 무위의 사랑이다.

있는 그대로, 존재하는 그 자체로 사랑한다는 것은 무슨 의미일까? 부모가 아기를 사랑하는 것은 어떤 이유가 있기 때문이 아니다. 사랑하는 데 조건이 있는 것도 아니다. 갓 태어난 아기를 품에 안을 때 대부분의 부모는 아무 이유나 조건을 따지지 않고 아기를 사랑한다. 아기를 사랑하는 것은 무슨 유익을 기대하기 때문이 아니며, 심지어 선한 일을 했기 때문도 아니다. 단지 있는 그대로 사랑하는 것이다. 너는 무엇을 하든 하지 않든, 달리 가치 있는 사람이든 아니든, 존재하는 그 자체로 사랑받을 만하다는 것이다.

아무 조건 없이 사랑받은 아기는 자기 존재의 긍정과 존재 자체의 가치를 아는 아이로 성장한다. 가진 것이 많다고 가치 있게 여기지도 않고, 남들의 인정을 받아야 가치 있다고 생각하지도 않는다. 소유와 명예와 인정을 자기 가치의 기준으로 삼지 않는다. 그리하여 있는 그대로 자신의 존재를 긍정하고 존중하며 자존감이 높은 아이로, 내적 외적 억압으로부터 자유로운 사람으로 성장한다. 불필요한 장애를 만들지 않으며 자유롭게 자신을 사랑할 줄 안다.

자신을 있는 그대로 사랑할 줄 아는 사람은 자신의 가치를 증명하기 위해 애쓰지 않고, 남과 우월을 비교하지도 않는다. 남의 인정을 받기를 갈구하거나 성과를 내기 위해 허덕이지도 않는다. 자신을 사랑하지만 남을 존중할 줄 알고 교만하지 않는다. 자신을 있는 그대로 사랑할 줄 아는 사람은 물론 현재의 자신이 완벽해서 그런 것은 아니다. 자신의 부족함을 알지만 그것 때문에 자신을 비하하지도 않고 현실에 안주하지도 않는다. 그는 자신의 결함에 대해 솔직하게 인정할 줄 알고, 남과 경쟁하거나 남보다 뛰어나기 위해서가 아니라, 자신이 보다 나은 사람이 되기 위해 노력한다. 남과 비교할 필요가 없기 때문에 우월감을 갖지도 않고 열등감을 갖지도 않는다. 자신을 비하하지도 남을 비하하지도 않는다.

　아기의 탄생, 아기의 존재는 있는 그대로 사랑스럽다. 아기의 탄생이라는 존재 사건은 그 자체로 '보기에 좋은 것'이다. 아기는 그 자체로 사랑받을 만하며 조건 없이 주어진 무위의 선물이다. 갓 태어난 아기를 품에 안은 부모들은 있는 그대로 바라보기만 해도 좋았던 순간이 있을 것이다. 그런데 아이가 성장하면서 부모는 아이를 여러 잣대로 평가하기 시작한다. 사랑을 주기 위해 조건들을 제시하기 시작한다. 어느덧 부모는 아이를 사랑하기 이전에 사회에 유용하고 이로운 사람이 되기를 기대하고 요구한다. 무조건적 사랑이 조건부 사랑으로 바뀌어 간다. 심지어 남보다 뛰어나거나 이롭지 못하면 사랑받을 자격이 없다는 메시지를 자녀에게 보낸다. 이렇게 되면 자녀는 사랑에 갈증을 느낀다. 사랑받기 위해 아무리 노력해도 항상 미달인 자신에 대해 자신감이 없어진다. 자존감을 상실하고 죄책감과 자기

비하와 혐오에 시달린다. 이는 성인이 되어서도 자신을 짓누르는 깊은 상처로 남는다. 사회가 요구하는 기준에 못 미칠까 봐 염려하고 전전긍긍할 때, 자녀를 남의 기준과 잣대에 맞추어 키우려고 할 때, 부모는 자녀를 있는 그대로 사랑하는 법을 잊어버린다. 이렇게 길들여진 자녀는 자신의 길을 가는 것이 아니라 사회의 가치와 타인의 욕구에 맞춰 살도록 조종당한다. 자녀를 있는 그대로 사랑하고 자녀에 속한 개성을 이해하고 긍정해 줄 때, 비로소 자녀는 스스로 가치 있는 존재임을 느끼며 자유롭게 성장할 수 있다.

존재의 바탕은 무용성

우리의 존재 바탕은 유용성이 아니라 무용성이다. 인간이 존엄하다는 것은 그 존재 근거가 무용성이라는 데 있다. 무위에서 오는 자유로움을 누리는 것이 인간의 권리이고 인간 존엄의 근거이다. 인간이 존엄하다는 것은 효율성과 상관없이 그 자체로 가치 있다고 선언하는 것이다. 부모가 자녀를 있는 그대로 존중하고 사랑하는 것은 존재의 바탕이 무용성이라는 것을 이해하는 것이다. 있는 그대로 사랑하는 것이야말로 무위의 사랑이기 때문이다. 진정한 자녀 사랑은 무용성에 바탕 한 무조건적 사랑이다. 그것은 달리 유익한 능력이나 자질 때문에 사랑하는 것이 아니라, 무엇을 할 수 있든 없든, 사회의 요구에 부합하든 하지 않든 존재하는 그 자체로 사랑하는 것이다. 유용성의 조건을 따지지 않고 아무 조건 없이 있는 그대로 사랑하는 것이다.

인간 존재의 바탕은 무위의 사랑이다. 사랑은 유익과 효율을 추구하지 않는다. 우정과 사랑은 오직 무위의 시간을 나누고, 함께 있어 좋은 시간을 보내는 데서 싹트고 성장한다. 유익을 추구하는 시간은 기쁨을 누리는 시간이 아니다. 다른 목적을 위한 수단의 시간은 유용성에 봉사하는 시간이지 그 자체로 즐기는 시간이 아니다. 다른 목적을 위한 수단으로 보내는 시간이 전부라면, 그건 남을 위한 삶이다. 그 자체로 누리는 무위의 시간이 없다면 우리는 더 이상 삶의 주인이 아니다. 무용성에 바탕 한 자유로운 삶은 무엇이 되는 것이 중요한 것이 아니라 자신이 되는 것이 중요하다. 그것은 소유와 성취를 달성하는 데서 얻어지는 것이 아니다. 경쟁에서 이기거나 남보다 우월해지는 것이 중요한 것이 아니라 진정 자신이 되는 것이 중요하다.

유용성과 효율성의 논리를 벗어난 무용성의 공간에서 비로소 자유로운 사랑이 싹튼다. 무위의 공간은 이익을 구하는 마음을 비우고 만들어낸 자유 공간이다. 사랑은 무용성의 공간 안에서만 자유롭게 자라날 수 있다. 무용성의 바탕 위에서만 우정과 사랑이 싹트고 성장할 수 있다. 그러니 진정 자녀를 사랑한다면, 자유로운 사람으로 키우고 싶다면, 자녀에게 아무것도 요구하지 말라. 대가를 바라지도 말고 아무것도 기대하지 말라! 다만 사랑하라. 아기는 존엄한 인격이다. 인간 존엄성은 무용성에 바탕하며 유용성의 기준에 달린 것이 아니다. 자녀를 통제하려 하지 말라. 보상과 처벌로 길들이려 하지 말라. 그것은 자극과 반응의 메커니즘으로, 동물을 길들이는 방식이다. 기대든 요구든 사랑은 압박을 견뎌내지 못한다. 사랑의 이름으로 행하는 것일지라도 압박 속에서는 사랑이 아니라 원망과 증오가 자라고 우울과 상처가 싹튼다.

타고르의 시 「나의 노래」

■ 1999년 8월 ○○일

수빈이와 함께 하루를 보내면서, 내가 좋아하는 타고르의 시, 사랑하는 아기를 위한 노래를 읊어본다. 이 시에는 아기를 향한 내 마음이 담겨 있어 한동안 아기에게 읽어 주곤 했다. 내 마음이 그대로 아기에게 전해지는 듯한 사랑스러운 시이다.

나의 노래

나의 이 노래는 다정한 사랑의 팔처럼, 내 아가여,
너의 주위를 음악으로 휘감을 것을.

나의 이 노래는 축복의 입맞춤처럼 너의 이마를 어루만질
것을.

네가 혼자 있을 때 그것은 네 옆에 앉아 네 귀에 속삭여 주고,
네가 뭇사람들 속에 끼어있을 때
그것은 고고함으로 네 둘레를 울타리 쳐줄 것을.

나의 노래는 네 꿈에 한 쌍의 날개처럼 되어,
너의 마음을 미지의 땅으로 데려갈 것을.

어두운 밤이 너의 길에 덮였을 때 그것은 머리 위
믿음 깊은 별처럼 되어 줄 것을.

나의 노래는 네 눈의 동자 속에 스며 있어,
만물의 가슴 속으로 네 시선을 인도할 것을.

그리고 내 목소리가 죽음으로 침묵할 때,
나의 노래는 살아 있는 네 가슴 속에서 이야기할 것을.

타고르의 「나의 노래」는 아기를 향한 고결하고 아름다
운 사랑을 노래하는 시이다. 이 시는 아기의 고유한 존재에
대한 사랑에 집중하고 있다. 여기에 들어 있는 소망과 기도

는 아기 존재의 신성함과 사랑의 마음 외에 아무런 군더더기도 없다. 아기를 향한 아낌없는 사랑, 자유와 기쁨, 그리고 고독이나 어둠과 죽음의 시간조차 고귀한 사랑의 빛으로 둘러싸여 있다. 거기에 남보다 잘되거나 높은 지위에 오르기를 욕망하는 속된 마음은 없다. 남과 비교하거나 경쟁하거나 더 많이 소유하기 위한 왜곡된 욕구, 자유를 억압하는 아무런 요구도 들어있지 않다. 아기의 존재를 있는 그대로 기뻐하고 사랑하는 엄마의 순수한 마음이 있을 뿐이다. 이와 더불어 죽어서도 사랑의 노래가 가슴속에 살아 숨쉬기를 기도하는 마음이 담겨있다. 이는 아기의 자유로운 영혼의 날개를 펼쳐 줄 사랑과 또한 그것이야말로 어둠의 시련과 고난을 이겨낼 수 있게 인도하리라는 믿음을 잘 보여준다.

이 시는 무위의 사랑과 기도를 노래하고 있다. 감동을 주는 기도의 노래, 두려움을 헤쳐나갈 용기를 주는 사랑의 노래이다. 어둠 속에서도 길을 밝혀 줄 믿음의 등불, 따스한 가슴으로 알게 되는 만물의 이치, 죽음의 침묵 속에서도 가슴 속에 살아 있을 죽음보다 강한 사랑을 노래하고 싶다. 이런 사랑으로 충분하지 않을까. 그렇게 있는 그대로 사랑할 수 있다면, 믿음을 가질 수 있다면, 두려워하지 않고 자유로이 날 수 있는 사랑의 날개를 가꿀 수 있다면, 아기는 자신을 사랑하고 삶을 사랑하는 법을 알게 되리라. 조건 없는 무위의 사랑으로 자신의 존재가치를 알게 되리라.

4장

아기의 소명:
아기를 보며 곰곰이 생각하다

곰곰이 생각하기

신약의 복음서에 나타난 마리아의 육아법은 오늘날 우리에게도 중요한 통찰을 준다. 특히 예수를 그리스도의 소명으로 이끄는 어머니 마리아의 모습은 매우 인상적이다. 마리아는 잉태의 순간부터 아기에 대한 범상치 않은 일들을 가볍게 발설하지 않고 마음 깊이 은밀하게 간직하며 살아간다. 마리아는 아기의 탄생 사건과 아이의 언행을 기억해두고 마음 깊이 새겨둔다. 마음에 간직할 뿐만 아니라 아기의 성장을 지켜보는 가운데 깊이 숙고하며 장차 도래할 사건을 준비한다. 이에 대해 루가는 '곰곰이 생각하는 마리아'의 모습으로 잘 그려내고 있다(루가복음 1장 29절; 3장 51절). 그녀는 아기의 소명과 개성을 기억해두고 때를 기다린다. 곰곰이 생각하는 어머니의 사려 깊음이 아기의 소명을 위해 나설 때와 물러설 때를 알게 해준다. 자유롭게 놓아주되 결단을 내릴 때를 알게 해준다. 자녀에 대해 사려 깊게 관찰해 온 어머니는 자녀를 위해 행동에 나설 올바른 때를 알아챈다. 가나의 혼인 잔치에서 물을 포도주로 바꾸는 예수의 첫 기적이자 공적 활동의 시작은 마리아의 이니셔티브에 의해 일어난다는 것에 주목하자. 예수의 소명을 마음 깊이 간직해 온 마리아는 때가 되었음을 알자, 주저하는 예수를 그리스도의 사명으로 이끌고 있다. 마리아는 포도주의 첫 기적에서 아들의 비밀을 공적인 말로 발표함으로써 그리스도의 사명을 선포한다.[*]

특별한 아기만이 소명이 있는 것은 아니다. 아기에 대해 곰곰이 생각해 온 부모는 자녀를 자유롭게 놓아주면서도 단호하게 멈추거나 결단을 내릴 때를 안다. 나설 때와 용기를 북돋아 줄 때를 알아차린다. 아기의 소명을 발견하는 일은 아기가 무엇을 좋아하며 무엇에 흥미를 보이는지 이해하고 긍정적으로 바라보며 관찰하는 데서 시작된다. 자신의 아기가 누구인지, 어떤 소명을 갖고 살아갈 것인지, 고난이 닥친다면 어떻게 이겨낼 수 있을지… 등 아기를 깊이 관찰하며 곰곰이 생각하는 것이다. 아기에 대한 욕심이 아닌 관심, 아기가 보이는 개성과 특성에 대해 곰곰이 생각하고 마음에 새겨두는 것, 사람과 사물과 세상에 대해 아기가 보이는 반응과 관심과 언행을 기록하거나 기억해두는 것이 때가 되면 아기의 소명을 찾는 실마리를 제시해 줄 것이다. 또한 자녀가 방황할 때 자녀가 보여주었던 가능성을 들려 줄 수도 있고, 자녀가 주저하거나 머뭇거릴 때 나설 수 있도록 용기를 줄 수도 있다. 무엇보다 실패하

---

* 서인석, 『성서와 영성훈련』, 성바오로 출판사, '예수'를 낳은 마리아는 가나의 혼인잔치에서 자기 아들을 세상에 내놓으며 '그리스도'를 탄생시키고 있다. pp. 262-263.

고 넘어지더라도 좌절하지 않고, 새롭게 열리는 인생을 향해 다시 일어설 용기를 줄 수 있다.

오늘날 더 이상 인간의 소명을 묻지 않는 시대라지만, 사람은 누구나 가치 있는 삶을 추구한다. 부모는 어떻게 자녀가 가치 있는 삶을 찾아가도록 도울 수 있을까? '무엇이든 허용되는 듯한' 혼란의 시대에, 가치 있는 삶을 산다는 것은 무엇이며 부모는 아기에게 어떤 가치를 물려줄 수 있을까?

기억해두고 때를 기다리라

아기의 소명을 가슴속에 새기며 '때'를 기다리던 마리아의 모습을 떠올리며, 나 또한 내 아기가 누구이며 어떤 사람으로 성장할 것인지 생각하곤 한다. 지금은 알 수 없지만 아기가 찾아갈 소명과 자기만의 길이 있음을 잊지 않기를 바라며, 아기가 원하는 것을 기억해두고 어떤 사람으로 성장할지 곰곰이 생각하곤 했다. 자신이 좋아하는 것을 싫증 내지 않고 몇 번이고 하고자 할 때 아기가 무엇을 좋아하는지 알 수 있다. 무언가 반복하여 원하고 열정을 가지고 몰두하는 것을 통해 아기의 꿈을 발견하기도 한다.

아기는 일상의 언행을 통해서도 자신의 가능성과 잠재력을 드러내곤 한다. 아기가 말하는 언어들을 통해 아기의 관심과 개성이 드러나기도 한다. 아기의 질문과 표현을 보면 아기의 세계와 언어 감각과 성품을 알 수 있다. 아기의 질문은 아기의 호기심만이 아니라 아기의 사유세계와 색깔을 드러내 준다. 서너 살이 되면 은유를 사용할 줄도 알고, 그 수준에 맞는 언어로 심지어 존재의 근원을 생각하기도 한다. 이처럼 아기들은 때로는 시인이며 철학자이기도 하다. 아기도 유머를 알고 표현하며 웃음을 유발하기도 한다. 또한 놀이를 창조하며 부모를 놀이로 끌어들이기도 한다. 놀이 속에서 독특한 창조성을 발휘하기도 한다. 이를 기억해 두는 것은 장차 아이를 위한 귀중한 유산이 될 수 있다.

아기의 성격은 조심스럽게 접근할 필요가 있다. 아기의 성격이 예민하다면 더 신중해야 하리라. 특히 엄마보다 감수성이 예민한 아기라면 고집이 부딪힐 때 세심하게 주의를 기울여야 한다. 이 경우 강하게 압박하면 아기의 욕구가 싹트지 못하거나 꺾일 수도 있다. 고집이 있다는 것은 강한 욕구가 있다는 것이다. 그 욕구를 무력하게 억누르기보다 순수하게 왜곡되지 않은 삶의 열정으로 끌어올릴 수 있어야 하리라. 수시로 고집이 부딪히는 상황을 만들지 않는 것도 중요하다. 아이와 최소한의 기본 규칙을 정해 일관적으로 따르도록 함으로써 그런 상황을 피할 수 있다.

타고난 성격 이외에도 아기의 성품이 어떻게 형성될지는 가능성의 차원에서 스펙트럼이 매우 넓다고 생각한다. 내 경험에 의하면, 아기에게는 양극단의 성격이 모두 잠재되어 있다. 내성적인 성격과 외향적인 성격이 공존하고, 나서지 못하는 수줍은 성격이어도 남 앞에서 자기를 표현하고 싶은 적극적 욕구도 있다. 어쩌면 내향적인 아이와 외향적인 아이가 따로 있는 것은 아니다. 부모들은 자신의 아기가 남들 앞에서 표현을 잘하는 걸 좋아할지 모른다. 하지만 부모들의 바람과 달리, 어떤 자질이 그 자체로 아기에게 좋은 것은 아니다. 남 앞에서 발표를 잘하는 외향적인 아기도 좋지만, 혼자 내면으로 자기 생각을 키우며 상상하고 사색하는 아기도 좋은 것이다. 어떤 자질을 키워 줄 것인지는 부모가 주도하거나 강요하기보다 아기의 개성과 반응을 보며 믿음을 갖고 기다려 주는 것이 필요하다. 나서기를 강요하면 아기는 발표에 대한 불안과 강박을 갖거나 주눅이 들 것이다. 반면 강박에서 자유로운 아기는 필요하다면 언젠가는 자신의 생각을 제대로 표현하게 될 것이다. 눈치를 주지 않고 어떠해도 좋다는 긍정적 태도로 바라보는 것이 아기를 편하게 해준다. 이런 안정감 속에서 아기는 더 자유롭게 자신에 맞는 선택을 할 수 있다. 사실 부모는 아이가 망설임 속에서 어떤 선택을 형성하는 동안 편하게 내버려 두는 것, 즉 조바심 내지 않고 기다려 주는 것이 필요할 뿐이다. 아기의 개성을 기억해두고 때를 기다리자. 부모가 원하는 방식으로 아이를 억지로 잡아끌기보다 아이가 스스로 할 수 있도록 기다리는 것이 중요하다.

부모는 자녀가 준비될 때까지 기다려야 한다. 그래야 자녀는 작은 일에서부터 삶의 주도권을 가지고 자기 욕구에 따라 자유롭게 선택할 수 있다. 자기선택과 마찬가지로 자신을 스스로 통제할 수 있는 법을 배울 수 있다. 일상의 작은 일에서부터 배워야 하리라. 자녀 스스로 자신이 원하는 것을 찾고 선택하고 그에 따라 행위할 때 자신이 어떤 사람인지도 알아가게 된다. 물론 시행착오도 있겠지만 때로는 실수와 실패를 통해서도 자신이 어떤 사람인지 알게 된다. 그러니 실수를 두려워하지 말자. 자신을 알게 되는 것보다 더 중요한 것은 없지 않은가!

태몽이 주는 의미

아기에 대한 꿈, 태몽에서 읽어낸 의미는 엄마가 아기에 대해 간직하거나 기억해 둘 중요한 이야기 중의 하나이다. 아기가 자라면 태몽을 들려주면서 그 의미를 나눌 수도 있으리라. 아기에게 간직할 꿈으로 전달할 수도 있을 것이다.

■ 1999년 4월 ○○일 (태몽 이야기)

아가야, 오늘 연구실에서 공부하고 있는데 정 선생님께서 방에 들르셨단다. 내게 그동안 태몽을 꾸지 않았느냐고 물으셨어. 너를 잉태하고 나서 얼마 후, 아마 11월 초 즈음에 신기하면서도 선명하게 기억되는 꿈을 꾼 적이 있었단다. 꿈을 꿀 당시는 잘 몰랐는데, 그게 태몽이었던 것 같아.

【수반 위에 수련처럼 하얀 동그라미가 떠다니다가 갑자기 (백합 같기도 하고 목련 잎 같기도 한) 크고 하얀 꽃잎으로 피어나기 시작했다. 마치 뭉게구름이 솜사탕처럼 피어나듯이 흰 꽃잎들이 뭉게뭉게 피어나면서 수반 가득 넘쳐흘렀다.】

정 선생님께 들려드렸더니 참 좋은 꿈이라고 '수반목련몽'이라는 이름까지 붙여 주셨단다. 잘 기록해두라는 말씀까지 덧붙이시면서. 아가야, 태몽을 듣고 어떤 분은 네가 딸이라고 말하기도 하고, 네가 크게 이름을 떨칠 여장부라고 말하는 사람도 있었어. 아가야! 넌 어떤 아이일까? 엄마도 궁금하단다.

태몽에 대해 얘기를 나눈 후에, 꿈에 관해 곰곰이 생각하며 그 의미를 생각해 보았다. 나는 몇 해 전에 꿈에 대한 철학적 분석을 주제로 연구를 한 적이 있다. 그때 철학적 꿈 분석의 방법론을 제시했었다. 그 방법을 가지고 꿈의 이야기와 이미지에 적용하여 꿈의 의미를 분석해 보았다.

수련 잎 같은 하나의 자그마한 하얀 동그라미는 생명의 씨앗, 아기의 근원을 상징한다. 하얗다는 것은 순수함을, 둥근 것은 완성을 상징한다. 수련 잎으로 보이는 것은 그것이 단지 기하학적 이미지를 넘어 실제로 생동하며 피어나는 생명체라는 것을 보여준다. 순수하고 무결한 근원이 한 생명으로 발현되는 것이다. 그런데 그것이 꽃잎으로 피어나기 시작한다. 마치 한 아기의 잠재력과 가능성, 그리고 꿈이 현실에서 펼쳐지듯 실현되는 것이다. 뭉게구름처럼 가득 채우고 넘쳐흐르는 것은 (뭉게구름과 솜사탕은 모두 가

볕고 환하며 넘치듯 풍성하다) 억눌림이 없는 자유로움과 충만함의 이미지이다. 우주를 담고 있는 종자로서 아가의 근원적 생명의 순수한 꿈이 완성을 향해 자유롭고 충만하게 이루어지는 꿈이랄까! 어쩌면 아기를 향한 엄마의 간절한 바람이 꿈을 통해 드러난 것일지도 모르겠다.

나는 꿈의 의미를 생각하며 다시 한번 다짐했다. '아가야, 무엇에도 억눌리지 않은 자유로운 삶을 살기를 기도하리라. 너보다 앞서가지 않고 너의 옆에 혹은 뒤에 서서 스스로 너의 걸음을 걷게 하리라. 너 자신을 스스로 찾게 되기를, 너 자신의 존재에 충만한 삶을 살기를, 자유로이 자신의 길을 갈 수 있기를 기도하리라.'

제2부

아기의 성장에 함께하기

5장

아기의 신비:
아기의 성장에 함께 기뻐하고 감사하라

이 장은 육아 일기 중에서 아기의 신체와 정신, 언어의 발달과정을 중심으로 발췌하여 기술한 것이다. 손발의 작은 움직임부터 두 발로 걷기까지의 신체발달, 아기의 이유식, 감정과 사고의 형성, 호기심, 자아 개념의 형성과 범주 구분, 메타적 사고, 은유와 추상적 표현의 사용에 이르기까지의 관찰과 분석을 포함하고 있다. 특히 아기의 언어 세계가 형성되어가는 과정은 경이로움을 불러일으킨다. 아기를 키우는 모든 엄마들이 공유하는 경험이리라. 아기가 자신의 생각을 표현하는 언어 행동을 관찰하다 보면, 고유한 자기 세계를 가진 한 개인으로 성장하는 과정을 엿볼 수 있다. 아기를 키우는 엄마들은 아기들이 얼마나 놀라운 성장을 보이는지 관찰할 수 있다. 양육의 과정은 많은 헌신과 노고를 요구하지만, 아기의 경이로운 성장 과정에 기쁨으로 함께할 수 있다면 얼마나 좋을까!

■ 1999년 6월 ○○일

집에 온 첫날 밤, 아기는 한 번도 깨지 않고 조용히 잠든다. 오히려 내가 걱정이 되어 밤중에 자주 깨곤 했지만, 아기는 아랑곳없이 새벽녘까지 쌔근쌔근 잘 잔다.

수빈이를 낳은 지 일주일, 마치 지난 일주일은 다른 세계에서 산 느낌이다. 차려 준 밥과 간식을 먹고 아기를 목욕시키고 젖을 먹이고 하는 일만으로도 하루가 쉴 새 없이 순식간에 지나간다. 오늘 밤, 오랜만에 앉아서 지난 며칠을 되돌아보았다. 정말 많은 변화가 있었다. 이제 아기가 우리 부부의 세계 한가운데로 들어온 것이다. 어쩌면 앞으로 더 많은 변화가 있을 것이다.

■ 1999년 8월 ○○일

수빈이가 손을 빨기 시작했다. 엄지손가락을 입에 갖다 대고 쪽쪽 빠는 것이 희한하다. 어떤 때는 입 가까이에 주먹을 대고 입만 오물거리기도 한다. 그 모습이 얼마나 재밌는지 그걸 바라보며 수빈 아빠랑 함께 웃음을 참지 못하곤 한다. 이제 수빈이는 손가락을 가지고 입에 갖다 대며 노느라 한참을 보내기도 한다. 마치 자기 마음대로 할 수 있는 장난감이 생긴 듯하다.

주말이어서 수빈이랑 종일 함께 보냈는데, 수빈이는 잠도 깊이 잘 자고 잘 먹고 잘 논다. 일광욕도 하고 유모차를 타고 산보하면서 바깥 공기도 쐬어 주었다. 오늘 밤 수빈이는 목욕하고 어느 때보다도 일찍 잠이 들었다.

수빈이는 처음에는 한밤중에도 우유를 먹느라 깨곤 했는데, 요즘은 한 번에 여섯 시간에서 일곱 시간 정도까지 몰아서 잠을 잔다. 저녁 일찍 잠을 자고 새벽녘 네 시경에 깨어 우유를 먹고는 이내 다시금 아침까지 잔다. 그래서 요즘은 나도 조금 길게 잠을 잘 수 있게 되었다.

어젯밤에는 잠을 자다가 한밤중에 손을 빨기 시작했다. 안방에서 손을 쪽쪽 빠는 소리가 거실 바깥에서도 들릴 정도이다. 그 모습에 웃음이 나오기도 하고, 한편 배가 고픈 것 같아 안쓰럽기도 하다. 그러나 밤에 우유를 먹이지 않아야 점차 밤중 수유가 없어진다니, 그대로 가만히 지켜보았다. 그랬더니 한참 후 다시 잠이 든다. 아기가 잠든 걸 확인한 후 나도 다시 잠자리에 들었다.

■ 1999년 9월 ○○일

수빈이는 얼마 전부터 옹알이를 시작하더니 이젠 제법 다양한 소리로 옹알거리기 시작했다. '아으', '오-', '으애이', '아그으'… 하며 이런저런 소리를 내본다. 음색도 더 풍부하고 다양해졌다. 아기 소리에서부터 좀 더 굵고 진한 소리를 내기도 하는 것이 하루 새에 많이 달라진 듯하다. 수빈이는 엄마와 아빠가 말을 걸어 주면 좋아라 옹알이를 한다. 뭐라고 물으면 마치 대답하는 듯 눈을 맞추고 엄마를 향해 고개를 들면서 소리를 내어 응답한다. 그 모습에 우리는 소리 내어 웃고 말았다.

요즘 수빈이는 부쩍 잘 웃는다. 어제는 '우-에-헤헤헤', '우-

으 흐–' 하며 소리 내어 웃기 시작하더니, 오늘은 자면서도 무엇이 그리 재미있는지 씨익 웃곤 한다. 오후에 노래를 불러주면서 박자에 맞춰 뺨이랑 가슴, 손과 발 등을 딸랑이로 소리 내며 살짝 건드리니, 너무나 좋아하면서 입을 활짝 벌려 웃는다. 웃는 모습이 참 귀엽다.

■ 1999년 9월 ○○일

오늘은 수빈이 태어난 지 꼭 백일이 되는 날이다. 오늘 저녁 강의가 끝나 집으로 와보니 수빈이는 잘 놀고 있었다. 나를 보자 기분 좋은 목소리로 뭐라고 옹알거리기 시작한다. 전에는 두어 음절의 소리를 내더니 어제부터는 네다섯 음절에 자음까지 섞어가면서 옹알거리는데 마치 무슨 의미 있는 말을 하는 듯하다. 그 소리를 따라 흉내를 내주면 좋아하며 다시 응답하느라 시끄러울 정도이다. 혼자 눕혀 놓으면 혼자 옹알거리다가 고음의 소리를 내어 나를 부르기도 한다. 수빈이는 무척이나 말을 하고 싶은가 보다. 자기 나름대로 이미 이야기를 하는지도 모르겠다.

이유식의 신세계, 아기의 놀라운 맛의 탐색

백일이 되자, 수빈이는 점차 밤중에 우유를 먹지 않고 깊이 잠들게 되었다. 먹고 자고 놀고 산보하고 목욕하는 일상의 생활 리듬에 적응하기 시작했다. 또 어느새 옹알이를 시작하며 무언가를 표현하고 싶어 한다. 아기의 취침 시간과 기상 시간이 일정해지고 우유 먹는 시간대와 생활이 규칙적으로 되어갈 무렵이면 이유식을 시작할 때라는 걸 알려준다. 때가 되었다는 신호인지 며칠 전부터 수빈이 입에서 침을 흘리는 일이 많아졌다. 더구나 수빈이는 우유를 먹는 양이 적은 편이어서 영양도 보충할 겸 이유식을 조금 일찍 시작해 보기로 했다.

이유식을 하다 보면 아기들이 맛의 탐색을 즐기고 새로운 맛에 반응하는 모습이 흥미진진하다. 조금도 가공되지 않은 순수한 미각으로 맛의 감수성을 표현하는 아기들의 표정이 너무도 사랑스럽다. 이유식은 초기엔 쌀미음같이 자극이 없는 음식에서 시작하여 점차 어른이 먹는 음식들로 확장해 간다. 맛의 탐색이 시작되고 아기들은 새로운 맛을 시도하고 음미하며 즐거워한다. 맛의 세계가 아기들에게는 얼마나 경이로운 신세계인지! 새로운 맛을 만날 때마다 얼마나 놀랍고 환상적이고 당황스러운지 또 감미로운지를 얼굴 표정에 역력히 드러낸다. 놀라움에 눈을 동그랗게 뜨기도 하고 찌푸리기도 하고 다시 시도해 보고 싶어 입을 내밀기도 한다. 새로운 맛의 탐색은 돌이 될 즈음까지도 계속된다. 이 시기에 음식을 골고루 맛볼 수 있으면 어른이 되어서도 편식을 덜할 듯하다.

수수한 맛에도 놀라움과 호기심을 표현하는 아기의 표정을 보다 보면 우리가 얼마나 맛의 감각에 무뎌져 있는지 깨달을 수 있다. 이는 미각에 대해서만이 아니라 보고 듣고 느끼는 감각에서도 마찬가지가 아닐까. 어쩌면 우리는 어른이 되면서 인간사와 세상일에 대해서도 감수성이 무뎌지고 낡아지는 것은 아닌지! 아기들에게 배워야 할 것 중의 하나이다.

오늘 수빈이가 이유식을 시작한 날이다. 강판, 주서기, 거름망 등 이유식용 도구들을 미리 준비해 두었다. 첫 주는 과일즙으로 시작하기로 했다. 사과 한 쪽을 깎아서 강판에 갈고 거름망에 즙만 따라내어 스푼으로 조금씩 입에 흘려 넣어 주었다. 수빈이는 새로운 맛에 놀랍고 기이한 듯한 표정과 함께 재미있다는 듯이 웃어젖힌다. 거부하는 것 같지는 않고 반 이상을 흘려버리지만 혀와 입으로 오물거리며 빨아먹는다.

　오늘 휴가인 수빈 아빠는 오븐에서 막 구운 스펀지케이크를 먹다가 수빈이가 바라보자 조금 뜯어서 입에 넣어 준다. 수빈이는 재미있어 하는 표정으로 웃으면서 받아먹지만 씹지는 않고 입 밖으로 흘려버린다. 아직은 씹는 법을 모르는 것 같지만, 혀에 닿으면 맛을 느끼는 듯 반응한다. 수빈이는 이렇게 오늘 새로운 맛을 경험했다.

■ 1999년 9월 ○○일

오늘은 주서기에 귤을 짜서 수빈이에게 먹였다. 대부분은 흘러나오지만 입에 남아 있는 것은 빨아먹는다. 이제는 엄마가 무얼 먹고 있으면 궁금한 듯 쳐다본다. 낮에 조기구이를 먹는데, 수빈이가 쳐다보기에 부드러운 조기 살을 살살 일으켜서 '시험적으로!' 약간 입에 넣어 주니 의외로 잘 먹는다. 입을 '아'하고 벌리라고 하니 입술을 벌리고 어쩔 줄 몰라 하며 웃는다. 그 맛과 감촉이 즐겁고 신기한가 보다. 수빈이의 표정을 바라보니 절로 웃음이 나온다. 내 웃음을 보고 수빈이도 활짝 따라 웃는다.

■ 1999년 9월 ○○일

오늘은 추석 연휴 첫날이다. 집에서 휴일을 보내며 오늘 처음으로 수빈이에게 쌀죽을 쑤어 주기로 했다. 쌀 한 스푼을 물에 담가두었다가 약한 불에 한참 끓이면서 푹 고아내었다. 거름망에 죽 국물만 따라내니 제법 걸쭉하다. 수빈이에게 이 미음을 먹였는데 우유 맛과 많이 비슷한지 거부감 없이 잘 먹는다. 과일즙처럼 많이 흘리지도 않고 받아먹는다. 이를 보던 아빠는 '수빈아, 이것이 네가 평생 먹게 될 쌀 맛이란다'하고 거든다. 이제 수빈이는 우리처럼 쌀 맛을 보기 시작한 것이다. 아기 우유에서 쌀죽으로 점프한 것이다!

요즘 휴일이면 수빈이는 아빠와 산보도 하고 함께 놀면서 아빠를 많이 따르는 것 같다. 아빠를 보면 '아앙그' 하면서 옹알이를 하고 안아달라고 몸통과 다리를 흔들곤 한다. 아빠는 '안아달라고?'하면서 수빈이의 말을 해석하기도 하여 웃음을 터트리게 된다. 그리고 아빠가 '안녕하세요?' 하고 다정하게 말을 건네면 수빈이는 좋아서 입을 활짝 벌리고 빙그레 웃는다. 수빈이의 반응을 보면 말을 알아듣는지는 모르지만 다정한 음성과 웃는 얼굴 표정은 모두 알아보는 듯하다.

■ 1999년 9월 ○○일

수빈이는 백일이 되면서 목을 가누기 시작하더니 어제부터는 머리와 몸을 옆으로 돌리곤 한다. 오늘은 몸을 옆으로 돌리고 등은 활처럼 휘면서 목은 90도를 넘어 거의 180도로 등을 향해 돌리는 자세를 취하곤 한다. 머리와 몸이 마치 이중섭 그림에 나오는 어린아이들 풍경을 연상시킨다. 아기 때부터 수빈이는 잠잘 때는 천정을 향해 똑바로 눕고 머리만 옆으로 돌리곤 했다. 누워서 놀다가 옆의 장난감을 보는가 싶더니 옆으로 몸을 돌리고 머리를 등 뒤로 돌려 수빈이 머리맡에 놓아둔 그림책을 쳐다본다. 살짝 어깨를 미니 몸을 엎드린 자세가 되어, 팔꿈치를 기대어 목을 들고 한참 앞을 바라본다. 이 자세로부터 수빈이는 곧 뒤집기를 할 것 같다.

■ 1999년 9월 ○○일 (수빈이가 나를 알아보다)

아침에 수빈이가 엄마와 아빠를 쳐다보다가, 나가려고 하자 마치 엄마 아빠를 알아보는 듯이 반응을 한다. 그래서 원과 함께 출근하다가 '수빈이가 정말 우리를 알아보는 걸까?' 하는 의아심이 들었다.

오늘 저녁에 학회에 갔다가 열 시경이 되어 집에 돌아오자, 수빈이는 우유를 먹은 후 잠을 자려고 하고 있었다. 그런데 할머니에게 안겨 있다가 나를 보자 기다렸다는 듯이 반가워하며 소리 내어 뭐라고 말하기 시작했다. 수빈이에게 말을 하며 끄덕이자, 수빈이는 고개를 내밀어 웃으며 감정 섞인 목소리로 하소연하듯이 한참 동안이나 옹알이를 시작한다. 잘 아는 다정한 사람을 만나 기뻐하는 듯 표정을 지으며 하고 싶은 말을 옹알거리며 한참 늘어놓는 것이었다. 내가 대답해주며 웃을 때마다 수빈이는 입을 벌리며 따라 웃고 눈가에도 가득 웃음을 짓는다. 오늘 나를 쳐다보는 눈과 얼굴 표정은 지금까지와 확연히 달랐다. 예전에도 엄마 아빠를 쳐다보며 방긋 웃곤 했지만 '알아보는 것'은 아니었다. 하지만 오늘 초롱초롱 반짝이며 나를 바라보는 수빈이의 눈은 마치 내 영혼을 향한 것 같았다. 이게 영혼과 영혼이 만난다는 것일까? 분명 나를 알아보는 것이다! 한순간 내 가슴이 두근거리며 설렘으로 차오르는 것 같았다.

■ 1999년 10월 ○○일

수빈이가 얼마 동안 옹알이를 안 해서 의아하던 참에, 오늘 다시 말을 하기 시작한다. 우유를 먹으며 엄마 눈을 쳐다보며 깊고 그 윽한 표정으로, 뭐라고 호소하는 듯한 리듬으로 옹알거린다. 마치 모든 감정을 다 표현할 줄 아는 듯하다. 엄마의 마음을 알아보는 듯이 눈으로 말하고 미소 짓는 모습이 사랑스럽다. 내 눈을 쳐다보며 미소 짓는 맑고 영롱한 눈이 나의 영혼을 꿰뚫어보는 듯하다. 수빈이의 투명한 검은 눈동자가 마치 내 영혼에 닿는 듯 가슴이 두근거린다.

아기와의 교감, 나를 알아보다

수빈이가 '나를 알아본 것'이 왜 이렇게 설레고 두근거리는 흥분을 불러일으키는 걸까? 생각해 보니, 우리는 서로 친밀한 소통을 하게 된 것이다. 이전에는 아기에 대한 나의 독백과 일방적인 사랑이었다면, 이제는 아기와 서로 사랑을 주고받게 된 것이다. 지금까지 아기는 막연하게 자신을 돌보는 이에게 긍정적으로 반응했다면, 이젠 아기가 나를 알아보고, 나를 향해 사랑의 마음을 표현하고 있는 것이다. 너와 나 사이에 특별한 관계, 사랑하는 관계가 시작된 것이다.

■ 1999년 10월 ○○일

오늘은 수빈 아빠가 쉬는 날이어서 수빈이를 데리고 예방접종하러 병원에 갔다. 디피티와 소아마비, 뇌수막염 예방접종을 했다. 수빈이는 아픈지 '아-' 소리를 지르며 울더니 금세 그친다. 집에 와서도 다른 날처럼 산보도 즐기고 아빠와 함께 잘 논다. 예방주사를 맞았지만 지난번과 달리 컨디션이 괜찮은 것 같다.

이제 수빈이는 태어난 지 네 달이 되었다. 오늘 병원에서 몸무게를 재보니 7.4킬로그램이었다. 지난 두 달 동안에 1.4킬로그램이 늘었다.

식사 준비를 하는 동안, 수빈이가 거실에서 혼자 놀고 있었는데 끙끙거리는 소리가 나서 가 보았더니 수빈이의 몸이 거의 다

뒤집혀져 있었다. 아랫부분을 완전히 뒤집고 어깨도 다 돌아갔는데 팔 한쪽이 밑에 깔려서 끙끙대고 있었다. 팔을 빼 주었더니 수빈이는 두 팔꿈치를 세우고 목을 위로 들어 올린다. 오늘 오후 내내 이렇게 몸을 반 이상 뒤집고는 힘들다고 '끄응-' 소리를 내곤 한다. 이제 수빈이가 뒤집기를 시작하는가 보다.

그리고 오늘부터는 수유 시간을 네 시간 간격으로 하루 다섯 번으로 줄였다. 기상 시간(7시경)과 10시, 2시, 6시, 취침 시간(9시에서 10시 사이)에 우유 150cc씩 먹고, 그리고 낮과 오후에 과일주스와 보리차 등을 먹인다. 오늘은 이유식으로, 쌀미음에다가 찐 고구마를 갈아 넣어 크림 상태로 만들어 주었더니 맛있는 표정으로 오물거리며 잘 받아먹는다. 수빈이는 고구마를 무척 좋아하는 듯하다. 그러고 보니 내가 수빈이를 가졌을 때 감자와 고구마를 즐겨 먹었었지. 그런데 시금치, 양배추, 도라지를 삶아 으깬 야채수프를 만들어 주었더니 얼굴을 찡그린다. 수빈이도 어느새 맛에 대한 기호가 생긴 듯하다.

이유식으로 어제와 오늘은 옥돔과 조기로 생선살 수프를 끓여
주었다. 그리고 당근을 삶아 으깨 주었더니 의외로 잘 먹는다.
이제 수빈이는 생선과 채소도 먹기 시작했다. 요즘엔 엄마 아빠
가 식사할 때면, 식탁 앞에서 먹고 싶은 듯 입을 오물거리며 쳐
다본다. 그리고 밥알이나 삶은 양배추를 조금 입에 넣어 주면 좋
아서 웃으며 입을 벌린다. 수빈이가 앞으로 편식하지 않고 튼튼
하게 잘 자라길 기대한다.

■ 1999년 11월 ○○일

이제 수빈이가 태어난 지 꼭 다섯 달이 되었다. 이제는 엄마 아
빠를 보며 먼저 웃음을 짓기도 하고, 기분 좋은 소리를 내거나
때로는 불만족스러운 고성을 지르며 의사표시를 하기도 한다.
목욕시킬 때 보니 욕조에 몸이 가득 찬 것이 처음에는 커 보이던
욕조가 이젠 수빈이한테 작아 보인다. 낮에 놀 때면 수없이 몸을
뒤집어 엎드린 자세로 놀기도 하고, 손으로 거즈 손수건이나 옷,

장난감을 끌어당기며 손가락을 쓰기도 한다. 다리를 쭉 펴며 기지개를 켜는가 하면, 아빠 무릎 위에서 허리를 펴고 한참 앉아 있기도 한다. 그리고 몸을 일으켜 주면 다리에 힘을 주고 뻣뻣이 서 있을 수도 있다. 얼굴도 둥그렇게 커지고 포동포동한 팔과 다리 등 몸도 많이 자랐다.

그리고 엄마 아빠가 식사할 때면 식탁 옆에 흔들침대에 누워서 먹고 싶은지 입을 오물거리고 좀 달라고 청하듯이 웃음을 지어 보인다. 이유식을 한 지도 한 달 이상이 지났다. 어제부터는 소고기를 끓인 국물에 쌀죽을 쑤어 주었다. 이제 서서히 고기도 먹고 선식과 채소 등 다양한 음식을 맛보게 해주어야겠다.

■ 1999년 11월 ○○일 (아기와의 하루)

6시: 아침에 일어나 물 한 컵과 요구르트를 마신 후 세수하고 머리를 빗다. 수빈이가 깨기 전에 세수를 하지 못하면, 오전 내내 때로는 종일 잠자리 기분을 떨쳐내지 못한 채로 보내게 된다.

7시: 방에 들어와 보니, 수빈이가 깨어나 눈을 동그라니 뜨고 두리번거리고 있다. 아직 엄마 아빠가 깼는지 이쪽 편 침대를 바라보기도 한다. '수빈아'하고 부르며 다가가니 잠을 푹 잘 잤는지 기분 좋은 표정으로 바라보며 미소 짓는다.

밤새 축축해진 기저귀를 갈아 주는데 수빈이는 힘껏 몸을 쭉 뻗으며 기지개를 켠다. 수빈이를 창가로 안고 가서 해가 뜨는 것을 보여주며 '아침이야, 수빈아! 창밖이 밝아졌지? 해님이 나왔네 '라고 이야기해 주며 햇살을 받다. 방으로 데리고 와서 우유를 타서 먹였다. 어제저녁 일찍 잠들어서 밤새 배가 고팠는지 꿀꺽꿀꺽 소리 내며 금세 다 먹는다. 우유를 먹고 난 후 일으켜 앉히고 등을 토닥이니 '크윽'하는 커다란 소리를 내며 트림을 한다.

조금 후 수빈이가 '끄응'하며 힘을 주더니 어느새 '응가'를 하였다. 변을 볼 때 힘을 주는 것은 언제 배웠는지 알 수가 없다. 기저귀를 열어보니 변 상태가 아주 좋다. 처음 이유식을 시작할 때는 설사 기운이 약간 있더니 이제는 변 색깔과 묽기 등이 아주 양호하다. 물티슈로 닦은 후, 다시 수빈이 전용 대야에다 물을 받아서 씻겨 주었다. 엉덩이를 씻고 나서 닦고 말린 후 다시 기저귀를 채워 주다. 거실로 데리고 나와서, 아빠가 식사하고 출근할 때까지 눕혀 놓다.

8시~9시: 수빈이와 노래 부르며 놀다. 거실 한편에 마련한 수빈이의 놀이 공간에서 놀다.

9시~10시: 수빈이 취침 시간이다. 아기가 자는 동안 이유식(소고기 죽, 호박 삶은 것 등)을 준비한 후, 나는 간단히 우유와 파이 한쪽으로 아침 식사를 했다.

10시: 수빈이 깨어나서, 이유식을 먹이다. 이유식 먹은 후, 우유 150cc를 주다.

11시: 수빈이를 유모차에 태워 산보하다. 어느새 나무는 노랑, 빨강으로 단풍이 물들고 수빈이랑 날마다 산책하는 뒷산 오솔길은 낙엽으로 덮여 있다. 수빈이는 유모차에 누워서 내가 밀고 가는 길을 따라 푸른 하늘과 노란 은행나무 잎, 빨간 단풍나무들을 바라보며 조용히 산보를 즐긴다. 집에 돌아와서 30분 정도 놀다가 낮잠 재우다. 흔들침대에 눕혀 자장가를 부르며 재워주니 잠이 든다.

12시~오후 2시: 오늘따라 수빈이가 깊이 낮잠이 들다. 한 번도 깨지 않고 두 시간가량 푹 잠을 잔다. 그동안 신문 읽고 우유병 소독하고 부엌과 집안을 정리 정돈하다. 점심 식사 후, 오늘은 수빈이가 깊이 잠들어 한 시간가량 독서를 했다.

오후 2시: 수빈이를 깨워서 우유를 먹이다.

오후 2시~6시: 수빈이가 집중적으로 노는 시간.

우유 먹고, 거실에서 창문을 열어 햇살을 쬐며 일광욕시키다. 햇빛이 따가운지 발을 움츠리며 그늘 쪽으로 몸을 돌리려 한다. 사진을 찍어 주다. 두 시간 정도 수빈이와 함께 놀다. 딸랑이와 곰돌이를 흔들어 주고 손에 쥐어주니 조금 흔들어 댄다. 노래를 불러주면 좋아한다. 놀다가 재미있으면 까르르 소리 내며 웃기도 한다.

놀다가 5시 즈음 저녁 산보 나가다. 낙엽 떨어진 오솔길, 단풍 물든 나무들, 푸른 하늘, 흰 뭉게구름 등을 보며 노래 부르며 산보하다. 집에 돌아오니, 수빈이는 오후 내내 노느라 지쳤는지 잠이 오는 듯 눈을 비벼대고 입으로 손을 가져가며 쪽쪽 빤다. 시간이 되어 우유를 먹이는데 우유병을 빨면서 어느덧 '색색'하는 숨소리를 내며 잠에 빠져든다.

오후 6시: 저녁 식사 준비

오후 6시 반: 수빈 아빠 퇴근하다. 수빈이가 자는 동안 함께 저녁 식사하다.

7시에 수빈이가 깨어나 식탁 옆으로 데리고 오니, 우리가 저녁 먹는 모습을 구경하며 웃는다. 입을 오물거리며 먹고 싶어 하는 듯해서 밥을 두세 방울을 입에 넣어 주니 좋아한다.

오후 7시 반~8시 반: 아빠랑 놀다. 수빈이는 아빠 목소리와 노랫소리를 좋아한다. 아빠를 보고 입을 '아' 벌리며 좋아라 웃는다. 아빠가 안아주고 무릎에 앉혀 주면 좋아한다.

오후 8시 반: 수빈이가 좋아하는 목욕과 물놀이하다.

오후 9시: 목욕 후 기저귀 채우기 전 체조도 하고, 분 바르고, 한참 놀면서 옷을 입혀 준다.

오후 9 40분: 우유(150cc)를 먹이다. 우유를 먹으면서 눈을 감고 잠에 빠져드는 듯하다. 하지만 다 먹고 나면 언제 그랬냐는 듯 눈이 말똥말똥해진다. 어떤 날은 우유를 먹으면서 바로 잠이 들기도 하고, 기분 좋은 날은 침대에 눕혀 놓으면 혼자 놀다가 잠이 들기도 한다. 오늘은 트림을 시켜 주고 나서, 흔들침대에 뉘여 흔들어 주고 자장가를 불러주며 재웠다. 잠이 푹 든 다음에 수빈이 침대로 데려다 눕혔다. 이제부터 수빈이는 아마 내일 아침 일곱 시까지 푹 잠이 들것이다. 이불을 덮어주고 방에 가습기를 틀어주고 조명을 껐다. 그러고 나니 거의 열한 시가 다 되어간다. 이제 비로소 하루가 마감되는 기분이다. 원과 차를 마시며 한 시간가량 하루의 일을 이야기하다가, 열두 시가 다되어서 잠자리에 들었다. 오늘 아기와의 하루가 이렇게 지났다.

아기 돌보기, 반복의 진정성

아기를 키우는 엄마들은 비슷한 일과를 날마다 반복할 것이다. 아기를 돌보느라 매일 반복되는 일과 속에서 엄마들이 어떻게 진정한 반복을 수행할 수 있을까에 대해 생각해 본다. 아기를 돌보는 일은 관심과 애정만이 아니라 정신적, 육체적으로 많은 노고가 드는 일이다. 진정한 반복의 의미를 놓칠 때, 반복의 힘을 잃을 때, 엄마들은 기진맥진해질 수 있다. 반복되는 일상에서 진정성이 사라질 때 우리는 매사에 기계적으로 대응하며 감동이 메말라 버린다. 이는 다른 일에서도 마찬가지다. 자신이 하는 일에서 틀에 박힌 방식으로 되풀이하지 않으려면, 예컨대, 목사가 일요일마다 설교를 하고 세례를 주는 일에서도, 매학기 같은 강의를 할 때도, 직장인이 매일 비슷한 일과를 수행할 때도 마찬가지로 진정한 반복이 요청되리라. 하물며 날마다 종일 아기를 돌보는 엄마라면 어떨까? 어떻게 진정한 반복의 힘을 잃지 않고 아기를 돌볼 수 있을까? 또한 주변에서 어떤 도움이 필요할까?

요즘 나는 아기를 돌보는 일에서 반복의 의미를 되새긴다. 반복은 다시 찾는 것이라면, 어떻게 진정성과 참신함을 날마다 다시 찾을 수 있을까? 아기를 마주할 때 명랑한 마음과 유머와 아량으로 사랑의 분위기를 감쌀 수 있을까? 그런 분위기에 감싸인 따뜻하고 맑은 목소리로 아기의 이름을 불러줄 수 있을까!

수빈이가 이유식을 시작한 지 거의 세 달이 되어가고 있다. 이제 먹는 음식의 종류가 제법 다양해졌다. 수빈이는 밤, 고구마, 호박 등을 좋아하고 이유식은 대체로 뭐든지 잘 먹는 편이다. 며칠 전에는 부드러운 소고기 안심살을 익혀 조금 짓이겨서 주었더니 마치 이로 씹듯이 질근질근 거리며 좋아라 먹는다. 소고기는 씹어 먹듯이, 고구마는 혀로 오물거리며 녹여 먹는 수빈이의 모습에 원과 나는 웃음이 쏟아졌다. 처음 먹는데 배우지 않고도 어쩜 저렇게 먹는 방법까지 다 아는 것일까?

수빈이는 빵죽도 좋아한다. 물을 끓인 후 우유를 섞고 토스트 빵과 치즈를 잘게 썰어 넣은 후 다시 한소끔 끓이면 완성이다. 우유와 치즈가 섞여 고소한지, 수빈이는 입을 아, 벌리면서 이 빵죽을 맛있게 잘 먹는다. 달걀 노른자와 고구마를 잘게 으깨어 된장 국물과 함께 먹기도 하고, 부드러운 닭고기 살도 좋아한다. 수빈이는 이유식은 뭐든지 대체로 잘 먹는 편이다.

오늘은 토요일이어서 수빈이와 함께 보내는데, 이유식으로 애호박 죽과 옥돔구이를 해주었다. 옥돔 한 조각을 구워서 살을 발라 끓인 물에 적셔 주었더니 입을 크게 벌리며 맛있게 먹는다. 애호박과 당근을 넣은 죽도 잘 먹는다. 애호박의 단맛을 느끼나 보다. 이유식을 먹고 조금 후 우유도 먹고 나서, 수빈이 산책길을 따라 산보를 했다.

오늘 보니 수빈이가 부쩍 큰 것 같다. 내가 식사를 하거나 우유병을 소독하거나 이유식을 만들면서 주방에서 일할 때, 흔들침대에 뉘어 옆에 데려오면 수빈이는 엄마가 하는 일을 조용히 구경하곤 한다. 일하다가 한 번씩 눈길을 주면 싱긋이 웃으며 바라보고, 웃어 주면 응답하며 따라 웃는다. 그리고 혼자서 엎드려 놀다가 스스로 낮잠이 들기도 한다. 오늘은 수빈이가 낮잠을 꽤 길게 자서, 이유식을 위한 기본 국물과 육수 만드는 법을 찾아 읽었다. 내일 마트에 가서 재료를 사다가 만들어 두어야겠다.

■ 1999년 12월 ○○일

수빈이가 태어난 지 육 개월이 지났다. 얼마 전부터, 수빈이는 배밀이를 하려는지, 엎드려서 배만 바닥에 대고는 두 발을 들고 양손은 뒤로 젖혀 날아갈 듯한 포즈를 취하곤 한다. 이제는 엎드려서 한참 동안 혼자서 장난감이나 목각 등을 만지면서 놀기도 한다. 손바닥에 들어가는 정도의 작은 목각들을 주위에 늘어놓으면 그것을 손가락으로 잡고 입으로 가져가고 또 다른 것으로 바꿔 잡고 하면서 논다. 이젠 제법 손가락을 사용할 줄 아는 듯하다. 요즘에는 "짝짝꿍" 하면 소리가 날 정도로 두 손바닥을 부딪치고, "곤지, 곤지"하면 검지와 장지를 곧게 펴서 손바닥에 갖다 댈 줄 안다.

그리고 "엄마, 꼬옥!" 하고 웃으며 속삭이면 그 검지손가락으로 내 볼을 쏘옥 누른다. 그러면서 수빈이는 엄마를 마주 보며 눈에 웃음 가득 담고는 입을 함박만큼 크게 벌려 소리 없이 웃는다. 마치 우리 둘 사이를 잇는 신호처럼, 수빈이와 나 사이에 사랑한다는 암호를 갖게 된 것 같다. 수빈이도 그 암호를 좋아한다.

아기와의 암호

둘 사이의 암호는 개인적 관계를 상징한다. 아기와 암호를 사용한다는 것은 둘 사이에서 의미 있는 관계와 소통이 시작되었다는 것, 어쩌면 진정한 소통이 시작되었다는 것을 말해준다. 또한 개인적으로 특별하거나 고유한 관계를 맺을 수 있는 능력이 갖추어지고 있다는 걸 보여준다. 아기의 세계에 어떤 흥미로운 일이 벌어지고 있는 걸까? 참으로 궁금해진다.

■ 2000년 1월 ○○일

새천년 새해가 되었다. 모두들 새로운 밀레니엄을 맞아 대이동을 했다는데, 우리는 수빈이랑 함께 조용히 집에서 새해를 맞았다. 이제 태어난 지 7개월 만에 수빈이는 우리 나이로 두 살이 되었다. 아침에 엄마 아빠가 떡국을 먹을 때, 수빈이도 떡국을 두어 개 먹고 나이를 한 살 더 먹었다.

수빈이는 요즘은 손가락으로 뭐든지 잘 집는다. 목각이나 장난감은 물론이고 무겁고 딱딱한 책도 모서리를 잡고 끌어당기고, 심지어 나도 잡기 힘든 커다란 둥근 공도 집게와 엄지로 아슬아슬하게 잡고는 놓치지 않는다. 손가락을 움직이는 게 세밀하고 손힘도 세진 것 같다.

■ 2000년 1월 ○○일

수빈이는 수건이나 이불로 얼굴을 가렸다가 그것을 걷으면서 서서히 눈을 마주치는 놀이를 하면 너무나 좋아하며 깔깔거린다. 아니 눈이 마주치기도 전에 이미 그것을 예견하여 웃을 준비를 하는 게 아닌가! 수빈이는 이제 눈에 보이지 않아도 뒤에 엄마가 있다는 걸, 그리고 웃는 얼굴이 곧 나타나리라는 것을 알고 있는 것이다.

■ 2000년 1월 ○○일

수빈이를 할머니께 맡기고 삼일 휴가(?)를 받아 제주 부모님 댁에 다녀오다. 수빈이는 처음으로 엄마와 떨어져 밤을 지냈다. 첫날밤에 수빈이 할머니께서 전화로, 수빈이가 낮에는 잘 놀다가 밤이 되자 울면서 엄마를 찾는다고 했다. 수빈이는 엄마가 없는 걸 아는 걸까? 아침에도 일어나 두리번거리며 엄마가 안 보이자 서럽게 울었다고 했다. 그 말을 들으니 마음이 안쓰럽다.

둘째 날 저녁에는 할머니가 수빈이를 데리고 이모님 댁으로 가셨다. 수빈이는 처음으로 택시를 타고 먼 외출을 한 것이다. 거기서 그래도 수빈이는 이모할머니와 언니들과 잘 놀았다고 한다. 수빈이가 집 밖에서 보낸다니 좀 걱정이 되었지만, 수빈 할머니께서 잘 보살피시리라 생각했다.

오늘 서울로 올라와 공항에서 집으로 돌아오니, 수빈이는 나를 보자 손발을 버둥거리며 함박 웃으며 좋아라 '끼아악' 하는 소리를 낸다. 엄마를 보니 정말 반가운가 보다. 나는 수빈이를 꼬옥 안아주었다.

■ 2000년 1월 ○○일

드디어 수빈이 아랫니가 나기 시작했다. 어제 목욕을 시키면서 이를 닦는 데 아랫잇몸에서 이가 투명하게 모습을 드러내고 있었다. 손으로 만져보니 보드라우면서도 까슬까슬한 게 만져진다. 오늘은 이유식을 먹이는데 아랫니에 숟가락이 부딪치는 소리가 들렸다. 수빈이에게 "'딱!' 하고 소리가 나네 "했더니, '딱' 하는 소리에 까르르 소리 내어 웃는다. 이제 이가 더 자라면 수빈이는 이로 음식을 씹어 먹게 되겠지. 이미 사과 조각을 손에 쥐어주면 잇몸으로 잘라서 씹어 먹기도 하지만.

■ 2000년 2월 ○○일

오늘은 설날이어서 큰집에 모였다. 아침에 일어나 우유를 먹인 후 수빈이를 차에 태우고 출발했다. 한 시간가량 차를 타고 가는 동안 내내 수빈이는 베이비시트에 앉아 있다가 그대로 잠이 들었다. 돌아올 때도 벨트를 매고 자기 자리에 앉아서 창밖을 구경하고 있다. 오랜만의 외출이고 처음 보는 풍경이 새롭고 신기한

지 계속 창밖을 바라다본다. 강과 다리, 하늘, 나무들, 그리고 수많은 차들과 사람들을 바라보며, … 한 시간 이상이나 꼼짝 않고 앉아 있다. 이제 수빈이는 누가 안아주지 않아도 혼자서 차에 탈 수 있을 만큼 자란 것 같다. 허리와 등도 그만큼 단단해진 것이다. 앞으로는 나 혼자서도 운전하여 수빈이를 데리고 외출할 수 있을 것이다.

■ 2000년 2월 ○○일 (수빈이가 방울토마토 먹는 모습에…)

수빈이는 이유식을 먹는데 맛이 있으면 입을 벌려 수푼 쪽으로 다가가는가 하면, 먹기 싫은 것은 입을 꾹 다물고 스푼을 받아들이지 않는다. 처음에는 뭐든지 잘 먹더니, 이제는 맛을 가리고 선택적으로 잘 먹거나 거부하거나 한다. 그래서 이유식을 해주기가 예전보다 좀 까다로워졌다. 오늘은 제주에서 가져온 표고버섯으로 죽을 쑤어 주었다. 표고버섯을 물에 불려 잘게 썬 후에 올리브유에 달달 볶다가 찹쌀과 물을 붓는다. 한참 끓이다가 고구마를 강판에 간 것을 함께 넣어 푹 끓이면 완성이 된다. 수빈이는 표고버섯을 좋아하는 것 같다. 표고버섯 죽도 잘 먹고 표고 전도 잘 먹는다. 며칠 전 표고로 메밀 전을 부쳐 먹는데 아빠가 조금 떼어 주었더니 더 먹는다고 '응, 응'거리며 계속 받아먹더니, 어느새 자기 손바닥 크기만큼이나 먹었다. 그리고 구운 조기 살도 좋아한다. 그러고 보니 수빈이는 할아버지가 제주에서 보내주신 음식은 모두 좋아하는 것 같다. 신선한 옥돔과 조기, 메밀, 표고 등을 다 좋아한다.

오전에 이유식과 우유를 먹은 후, 가지고 놀라고 양손에 방울토마토를 하나씩 쥐어주었다. 수빈이는 입으로 가져가 이제 나기 시작한 아랫니로 토마토 표면을 '뽀득뽀득' 소리 내며 긁더니 그것을 터트려 빨아먹기 시작하는 것이 아닌가! 원과 나는 우스워서 바라보노라니 쭈욱 빨아서 오물거리며 먹는다. 그런데 식탁을 치우는 동안, 나머지 한 알도 금세 먹어치웠는지 껍질만 약간 손에 남아 있을 뿐이었다. 놀라서 얼른 입안을 들여다보았더니 토마토 속살은 다 먹고 껍질만 입안에 남아 있었다. 수빈이가 엎드려서 토마토를 먹는 모습은 가히 가관이었다. 토마토 물이 카펫 위에 뚝뚝 떨어지고, 두 손과 입 주위에 토마토 물을 벌겋게 묻히면서 방울토마토를 손에 쥐고 쪽쪽 맛있게 빨아 먹는다. 시큼해서 좋아하지 않을 것 같은데 맛있게 먹는 걸 보니 수빈이는 엄마처럼 토마토를 좋아하나 보다.

■ 2000년 2월 ○○일 (수빈이가 나팔을 불다.)

아침에 우유병을 소독하는 동안, 수빈이를 의자에 앉히고 딸랑이 나팔을 손에 쥐어주었다. 그런데 갑자기 '뿌-'하는 소리가 들리는 게 아닌가! 잘못 들었나 싶었는데, 또다시 이번에는 좀 더 길게 '뿌우'하며 소리를 낸다. 수빈이가 딸랑이의 소리 내는 부분을 입에다 대고 볼을 부풀려 불어대고 있었다. 내가 불어도 꽤 힘껏 불어야 소리가 날 정도인데, 수빈이가 나팔을 불고 있는 것이다. 그동안 입에 갖다 대거나 손으로 흔들기만 할 줄 알았는데 어느새 부는 법을 터득했나 보다. 내가 신기해서 깜짝 놀라는 표정을 지었더니, 수빈이는 더 신이 나는지 웃으면서 다시 '뿌-, 뿌-'하며 나팔을 분다. 마치 할 줄 안다는 것을 보여주고 싶은 듯… 요사이 수빈이는 이렇게 자기가 먼저 웃어 보이거나 엄마를 자극하며 반응을 살피기도 한다.

■ 2000년 3월 ○○일 (아기의 놀이)

오후에 간식을 먹은 후, 수빈이를 아기 식탁 의자에 앉힌 채 함께 그림책을 보고 있었다. 어쩌다 책으로 얼굴을 가리게 되었는데, 수빈이가 어느새 책 위로 고개를 쑤-욱 내밀어 나를 보고 있는 것이 아닌가! 그리고선 나와 눈이 마주치자 '까르르르' 웃는다. 이번에는 내가 책 밑으로 숨자, 수빈이는 다시 책 너머로 엄마를 찾아내곤 좋아라 웃는다. 이렇게 반복하면서, 수빈이는 능동적으로 책을 올렸다 내렸다 하면서 스스로 엄마 찾기 놀이를 만들어 하고 있는 것이 아닌가!

아기의 놀이, 놀이를 즐기는 아기

이 놀이는 실에 매달린 물건을 멀리 던졌다가(사라지다) 되돌아오는(있다) 요요 놀이, 혹은 '없다-있다' 놀이를 닮았다. 얼굴을 숨겼다가 드러내는 이 놀이도 일종의 '없다-있다' 놀이인 셈이다. 수빈이는 얼마 전에 까꿍 놀이를 좋아하더니, 다시 그것의 새로운 버전을 즉석에서 만들어내고 놀이에 열중한다. 수빈이는 좋아라 하며 이 놀이에 흠뻑 빠져드는 걸 보니 분명 놀이 자체를 즐기고 있다. 또 우연히 주어진 상황을 이용하여 놀이로 만들어내곤, 다시 그 놀이를 즐긴다. 이걸 보면 아기의 놀이에 대한 전통적 해석은 한계가 있다. 전통적 견해와 달리, 아기의 놀이는 엄마 부재의 충격이나 불안 등의 결핍을 메우기 위한 것이 아니다. 아기의 놀이가 반드시 어떤 목적이나 기능을 위한 것은 아니며, 아기들도 놀이 자체가 주는 흥미를 즐기고 탐색한다. 이는 아기들도 놀이를 자족적으로 즐기며 놀이 자체의 기쁨을 느낀다는 걸 보여준다.(6장 참고)

수빈이가 몸을 빙그르르 돌리는가 하면 엉덩이와 손과 다리를 올렸다 오므렸다 폈다 하면서 이리저리 움직인다. 그런데 그 방향이 옆으로 뒤로 밀며 움직인다. 수빈이는 앞으로가 아니라 뒤로 기어 다니려나 보다. 얼마 전부터 몸을 이리저리 움직이며 이동하더니, 오늘은 부쩍 많이 움직여 다닌다.

그리고 손힘이 얼마나 센지, 무엇이든지 잡아당긴다. 잠깐 한눈파는 사이에 빨래 건조대를 잡아당겨 어느새 그 아래로 들어가 있는 것이 아닌가! 어제는 목각들이 들어 있는 나무통의 좁은 입구에 손을 넣어 떨어지지 않게 살며시 목각을 들어 올리며 모두 꺼내어 놓는다. 내가 통에다 목각들을 집어 넣어두면, 수빈이는 어느새 다 꺼내버리고 만다. 이젠 그림책을 보며 한 장 두 장 책장을 넘길 줄도 안다. 아빠와 엄마가 안아주면, 수빈이는 코와 턱을 손으로 만지거나 잡아당기는 등 웃으면서 장난을 친다. 어느새 수빈이는 장난꾸러기가 되어가는 것 같다.

오늘은 동요 테이프를 틀어주었는데, 수빈이는 노래 리듬에 맞춰 몸을 끄덕끄덕 흔들다가 손바닥을 짝- 하고 마주치는 것이 아닌가! 짝짝꿍-, '짝, 짝' 하는 소리를 내며 좋아서 손바닥을 맞부딪친다. 할머니 말씀으로는 낮에 앉아서 놀다가 '짝짝꿍' 하며 손바닥을 마주치고, '잼잼'하며 주먹을 쥐었다 폈다 한다고 하셨다. 수빈이는 어떻게 그걸 할 줄 알게 됐을까?

■ 2000년 3월 ○○일

커다란 접시 위에 건포도를 몇 알 놓아주니, 수빈이는 엄지와 집게손가락으로 조그만 건포도 알을 잡는다. 엄지와 검지를 신중하게 움직이며 건포도를 집어든 후, 입으로 가져가는데 한입에 넣지 않고 음미하듯 조금씩 뜯어 먹는다. 건포도가 맛이 있나 보다. 그 후에 수빈이는 건포도를 아는지, 그걸 접시에 꺼내 놓으면 좋아서 어쩔 줄 몰라 한다.

저녁에 이유식으로 치즈 우유죽(치즈+삶은 달걀 노른자+조깃살+빵+우유를 넣은 크림죽)을 주었다. 요사이는 하루에 세 번 이유식을 먹는데 그 양도 조금 늘었다. 수빈이는 이 우유죽이 너무 맛있는지 빨리 달라고 소리 지른다. 어느새 아기 공기로 거의 하나를 다 먹었다. 그러고 나서 디저트로 아삭거리는 큰 포도를 껍질을 벗겨 네 등분하여 주었다. 포크로 포도를 찍어 먹여 주려는데, 수빈이는 그 포크를 잡고 입으로 가져가며 스스로 먹으려고 한다. 그런데 수빈이는 그것을 정확히 입속으로 집어넣는 것이 아닌가! 이렇게 수빈이는 오늘 스스로 포도를 먹었다. 이제 고형식품은 혼자서 먹을 수 있도록 해주어야겠다.

■ 2000년 3월 ○○일

수빈이 다리 힘이 꽤 단단해졌다. 예전보다 흔들거리지 않고 꽤나 탄탄하게 서 있는다. 자기 흔들침대를 잡고 일어서더니, 침대 옆을 잡고 다리를 이리저리 떼어 놓는다. 그러다가 뒤 돌아 엄마에게 안겼다가 다시 돌아서 침대를 붙잡고 그 자리를 빙글빙글 돌곤 한다. 잘 기지는 않더니 어느새 걷고 싶은 것일까, 수빈이가 이러다 걸으려는 걸까?

수빈이를 목욕시키는데, 언젠가부터 욕조 안에서 뒤집는가 하면 욕조 밖의 흥미로운 물건들을 잡기 위해 엉덩이를 들썩이며 욕조 넘어 밖으로 나오려고 한다. 밖으로 떨어질까 봐 수빈이를 끌어 앉히랴, 목욕시키랴, 원과 나는 예전보다 더 분주해졌다. 이제 키가 많이 자랐는지, 수빈이가 물속에서 다리를 쭈욱 뻗으면 머리는 욕조를 넘어서 버린다.

요즘 수빈이는 장난꾸러기가 다 되었다. 특히 밤에 목욕한 후 침대 위에 앉히면, 기분이 좋아서 '씨 익' 장난스러운 웃음을 지으며 팔과 다리를 들었다 벌렁 뒤로 넘어진다. 도로 앉히면 다시 까르르 웃으며 벌렁 뒤로 눕는다. 수빈이는 침대 위라서 푹신하고 안전하다는 걸 벌써 알고 있다. 그리고 엄마 아빠가 뒤에서 받히고 있다는 걸 알면 더 과격하게? 뒤로 '펑'하고 넘어간다. 이렇게 몇 번이고 넘어갔다, 일어났다 하면서 장난을 친다. 대체 이런 장난은 언제 배운 것일까? 도무지 알 수가 없다.

■ 2000년 4월 ○○일
오늘은 수빈이가 온 거실을 기어서 돌아다닌다. 이미 조금씩 움직여 다니기는 했지만, 오늘은 갑자기 속도를 내며 부엌으로 식탁을 거쳐 다용도실까지 왔다가 금세 거실 쪽으로 되돌아간다. 그리고 서랍을 열어 테이프와 온갖 것들을 다 꺼내 놓는다. 이제 는 수빈이가 움직이는 대로 눈을 뗄 수가 없다. 그동안 별로 움 직일 의지가 없어 보이더니, 오늘은 여기저기 휘돌아다닌다. 그 리고 아빠가 손을 잡아주면 성큼성큼 발을 떼면서 아빠 따라 걷 기도 한다.

수빈이는 이제 장난감을 가지고 이리저리 응용하면서 놀기도 한다. 실로폰 봉을 가지고 실로폰을 두드리거나 그 위로 봉을 미 끄러뜨리며 '따르르 릉' 소리내기도 하고, 그걸로 목각이나 깡 통, 베개 등을 두드리기도 한다. '목각 구슬이 꿰어 있는 회로'를 보곤, 처음에는 움직일 줄 모르더니, 이제는 손가락으로 올리고 내리고 이리저리 움직이는 솜씨가 보통이 아니다. 수빈이는 무 엇보다도 손놀림이 섬세하고 날렵한 것 같다.

낮에 아빠가 주문한 레고가 도착했다. 숲속의 친구들과 풍뎅 이와 나비의 날개, 나뭇잎과 풀, 커다란 놀이터 등 예쁘고 귀여 운 레고 세트였다. 그것을 세척하고 말려두었다가, 수빈이가 낮 잠에서 깨어날 때 갖다 주었더니 좋아하며 활짝 웃는다. 큰 풀잎

위에 작은 사람을 태워서 빙글빙글 돌려주었더니 수빈이는 까르르르 – 소리내며 웃는다. 그리고 처음 보는 것이라 신기한지 이것저것 만지고 입에 가져가 보며 탐색한다. 밤에 목욕할 때 욕조에 몇 개 띄워 주었더니, 목욕하는 동안에 가지고 장난하는 등 수빈이는 레고가 마음에 드는가 보다.

아기의 손놀림, 아기의 손이 자유로워지다

손놀림이 섬세해 지면서 아기의 두뇌도 발달한다. 수빈이는 이제 손가락으로 작은 알갱이를 집거나 입구가 좁은 병 속에서 조심스럽게 물건을 꺼내는 등 손을 섬세하게 사용할 줄 안다. 손가락의 움직임도 정확해지고, 손에 쥐는 힘도 생겼다. 생각이 발달하면서 지적능력만이 아니라 유머 감각도 생기는지 장난도 잘 치고 놀이에도 열중한다. 신체적으로는 허리에도 근육이 생겨 꼿꼿하게 앉거나 버틸 수 있고, 척추도 튼튼해져서 일어서 걸을 수 있는 힘과 균형

감각도 생겨나고 있다. 어느덧 수빈에게도 직립하는 인간의 신체 조건과 더불어 손의 자유로운 움직임이 갖춰지고 있다.

■ 2000년 4월 ○○일 ('엄-마'라는 말)

며칠 전부터 수빈이가 '으음-마', '으으-음ㅁ'하는 소리를 내더니, 드디어 오늘은 좀 더 분명한 소리로 '어엄-마', '엄-마'하고 발음을 한다. 처음에는 우연히 발음했나 싶었는데, 몇 번을 반복한다. 수빈이가 정말 엄마를 부르는 것일까? 처음 '엄마'라는 말을 들으니 한편으론 어리둥절하고, 다른 한편으로는 신기하기도 하다.

■ 2000년 4월 ○○일

수빈이가 태어난 지 열 달이 되었다. 요사이는 혼자서 뭐라고 응얼거리면서 분절된 발음을 하려고 하는 것 같다. 이제 다른 소리는 웅얼웅얼거리지만, '엄마'라는 말은 똑똑히 발음한다. 요즘은 종일 '엄마', '엄마'라는 말을 반복하곤 한다. 이렇게 '엄마'라는 말을 하고 나더니 요사이 무척 말이 많이 느는 것 같다.

그러더니 오늘 아침에는 아빠라는 말을 하려는 듯 '어-바' '읍-빠' '으빠'하고 소리 낸다. 아빠가 출근하려고 현관을 나서는데 수빈이가 갑자기 '아ㅂ-빠'하는 소리를 내는 것이 아닌가!

■ 2000년 4월 ○○일

수빈이는 이제 '엄마' '아빠' '어부바' '맘마' 같은 몇 가지 말을 똑똑히 한다. 그런데 어제부터 종일 '업부-바'하면서 업어달라고 한다. 할머니가 집에 계실 때 항상 업어주곤 해서 그런지 수빈이는 업히는 게 좋은가보다. 오늘 수빈이가 놀면서도 계속 '어부-바'하는 소리를 내는 걸 보고 아빠랑 나는 서로 쳐다보며 웃게 된다.

그리고 어느새 아랫니 네 개가 나오고 있다. 이를 닦을 때면 간지러운지 내 손을 깨물곤 한다.

요즘 주말이면 가끔 수빈이에게 작은 스틱 모양의 비스킷을 하나씩 주곤 한다. 그러면 수빈이는 앞니로 '바스락' 소리를 내면서 끊어 먹으며 좋아한다. 그런데 며칠 전에 수빈이가 빵을 먹는 도중에 내가 '아~'하고 소리 내며 입을 벌리니 손을 내밀어 빵을 내 입에 갖다 대는 것이 아닌가! 한 번도 가르쳐 준 적이 없는데도 수빈이는 엄마의 말과 행동을 보며 이해하는 것 같았다.

　오늘도 비스킷 스틱을 쥐고 있다가, '아~'하며 입을 벌리니 수빈이는 그걸 쑤욱– 내 입안에 넣어 준다. 내가 달라는 줄 알고 나눠주려는 걸 보니 신기하기도 하고 참으로 기특하다. 손톱만큼밖에 남지 않았는데도 '아'하면 엄마에게 그걸 주려고 한다. 수빈이는 말귀도 잘 알아듣지만 나눠 주는 걸 좋아하는 걸까?

'엄마'라는 말

수빈이는 태어난 지 열 달이 되자, '엄마'라는 단어를 말하

게 되었다. 나를 향해 부르는 '엄마'라는 말은 감동을 준다. 곧이어 아기는 엄마, 아빠, 맘마, … 같은 여러 단어들을 사용하기 시작한다. 말하기의 시작은 단어이지만, 앞으로 문장을 사용하게 될 것이다. 또한 말하는 건 단어 수준이지만, 알아듣는 말은 훨씬 더 많다. 엄마가 하는 말들은 제스처와 분위기로 많은 부분 알아듣는다. 예컨대, 비스킷을 먹다가도, '아―'하고 입을 벌리면, 나눠달라는 의미라는 걸 정확하게 이해하고 나눠 주는 행동을 취한다. 한 돌도 안 된 아기가 벌써 상황과 맥락을 이해하는 언어 행동을 할 줄 알게 된 것이다.

■ 2000년 5월 ○○일

삼일 동안 줄곧 수빈이랑 함께 보내는데, 하루하루 자라는 속도가 눈에 띌 정도로 빠르다. 이제는 걸음마 연습을 하느라 가만히 앉아 있지를 않는다. 흔들침대를 잡고 일어나 냉장고를 지나 식탁과 의자를 건너 다용도실까지 오가곤 한다. 몇 번 넘어진 기억이 있어서인지 조심하면서도 멈추지 않고 계속 왔다 갔다 한다. 그리고 이제는 넘어져도 균형을 잃지 않고 엉덩이부터 넘어지면서 머리를 부딪치진 않을 정도가 되었다. 이렇게 수빈이는 지치지도 않은지 혼자서 계속 벽을 타면서 발걸음을 옮겨 다닌다. 오늘도 종일 이것저것 붙잡으면서 거실로 주방으로 안방과 욕실 등으로 온 집안을 돌아다니느라, 발바닥이 벌겋게 벗겨져 있을 정도였다.

또 수빈이는 스스로 일어나 앉을 수 있게 되었다. 수빈이를 재우려고 눕혔더니, 두 손과 두 발을 꼿꼿이 세우고서 몸을 일으키더니 쓰윽- 일어나 앉는 것이 아닌가. 그동안 힘겹게 몸을 일으키기는 했으나 이렇게 쉬 앉지는 못했었는데… 이제 수빈이는 침대에 뉘어 놓으면 얼른 일어나 앉거나, 쓰윽 몸을 일으켜서 침대 울타리와 벽을 잡고 돌아다니기도 한다. 떨어지지 않을까 조심하느라 눈을 뗄 수가 없다. 내가 거실로 나가면, 수빈이는 침대 머리에 서서 머리를 쑥 내밀어 엄마를 바라보며 웃는다. 눈을 마주보려고 고개를 옆으로 기울이며 웃는 모습에 저절로 웃음이 난다.

■ 2000년 6월 ○○일

수빈이는 얼마 전부터 가만히 두 손을 떼서 들고는 잠시 동안 서 있곤 한다. 손을 지지대로부터 떼었다, 잡았다 하며 스스로 서보려고 시도한다. 오늘은 수빈이가 아무것에도 기대지 않고 혼자 잠시 동안 서 있다. 자기 혼자 선 것이 기쁘고 자랑스러운지, 두 손을 만세하는 모습으로 위로 올리고 기분 좋은 소리를 내며 좋다고 싱글벙글 표정을 짓는다. 그렇게 잠시 서 있더니 두어 걸음 발을 뗀다. 무게 중심을 잡고 가만히 서 있다가 엄마 품을 향해 몇 걸음을 떼며 단번에 달려오기도 한다. 이렇게 수빈이는 걸음마를 시작했다.

■ 2000년 6월 ○○일

이틀 후면 수빈이의 돌이다. 오늘 공휴일이어서 수빈아빠와 함께 나가 수빈이 돌 사진을 찍어 주었다. 며칠 전에 백화점에 들러 수빈이 옷을 한 벌 샀다. 흰색 바탕에 한쪽에 꽃무늬 자수가 있는 심플한 원피스와, 흰 모자와 신발을 샀다. 수빈이에게 입혀주었는데, 내복을 입고 있을 때는 아기 같더니, 제법 꼬마 숙녀 티가 난다. 수빈이는 심플한 옷과 모자가 잘 어울리는 것 같다. 중성적이면서도 귀티가 난다. 흰색 원피스와 할머니가 사주신 한복을 번갈아 입고 사진을 찍었다. 그런데 사진관에서 수빈이는 낯을 가려 웃지도 않고 잔뜩 긴장하더니 나중에는 울음을 터트려 버린다. 사진관 아저씨 말로는 낯을 가릴 때가 되어 백일 사진보다 돌 사진이 더 찍기 어렵다고 한다. 울먹이는 얼굴로 더 찍을 수가 없어 몇 커트 남았지만 그대로 데리고 집으로 왔다. 수빈이는 오늘 날씨도 무더운 데다 낯모를 곳에서 사진 찍느라 힘이 든 것 같다. 그래도 집으로 돌아오고 나니 기분이 좋아졌는지 소리 내며 잘 논다.

■ 2000년 6월 ○○일

수빈이가 태어난 지 한 돌이 되었다. 수빈이는 그동안 건강하게 무럭무럭 잘 자라 주었다. … 집에서 가까운 호텔 레스토랑의 룸을 빌려 식구들과 손님을 초대했다. 떡이랑 싱싱한 과일들을 준비하여 수빈이 돌상을 차려주고 사진도 찍었다. 수빈이는 예쁜 한복을 입고 의자 위에 앉아 돌아가며 엄마, 아빠, 할머니, 할아버지, 이모, 삼촌, 사촌들과 사진을 찍었다. 수빈이는 모르는 사람들이 많아 낯을 가리긴 했지만, 의젓하게 잘 앉아 있었다. 점심으로 전복죽도 한 그릇 다 먹었다.

수빈이는 책을 제일 먼저 집었다. 그리고 돈과 실을 차례로 집는다. 아빠 친구들이 농담으로 엄마 아빠가 공부는 충분히 했으니까 돈을 집으라고 장난스레 외쳤다.

케익 위에 촛불 하나를 켜 수빈이 앞에 놓아주었더니, 박수를 치며 좋아서 웃는다. '후-'하고 불 끄는 것을 보며 수빈이는 너무나 좋아한다. 수빈이는 자기 생일인 줄 알까? 이제 드디어 한 돌이 된 것이다.

■ 2000년 6월 ○○일

수빈이가 놀이를 생각해내고 아빠와 놀이를 한다. 식탁 의자 위에 앉아 있다가 손수건을 아빠 쪽으로 휙 던지더니 그걸 가리키며 집어 달라고 한다. 아빠가 수건을 올려주자 좋아서 손뼉을 치며 받고 나서는, 다시 이번에는 저쪽 편으로 떨어뜨린다. 그리고 아빠가 그쪽에서 수건을 집어주면 너무나도 좋아하는 표정으로 눈웃음에다 이를 다 드러내며 웃는다. 이렇게 수건을 아빠의 이쪽저쪽으로 떨어뜨리며 아빠가 올려주면 좋아서 몸을 흔들며 웃는다. 누가 가르쳐주지 않았는데도 스스로 놀이를 개발해내는 것이 신기하고 우스워서, 원과 나는 서로 쳐다보며 함께 소리 내어 웃고 말았다.

부모를 놀이로 이끄는 아기

한 돌이 된 아기는 혼자 서거나 걸을 수 있을 정도로 신체가 발달하고 그만큼 생각하는 것도 발달하는 듯하다. 아기의 신체가 독립하는 만큼이나 사고의 세계도 스스로 성장해 가는 것일까? 한 돌이 되자 수빈이는 자발적으로 놀이를 창안하기도 한다. 그리고 그 놀이로 부모를 유인한다.

놀이에 흥미를 느끼며 부모를 놀이에 동참시킨다. 홀로 놀이에 빠지는 것이 아니라, 누군가와 함께 놀이하는 기쁨을 아는 듯하다. 혼자서도 놀이를 할 순 있지만, 둘이나 여럿이 하는 놀이의 재미와 기쁨에는 미치지 못할 것이다. 아기도 그걸 아는 듯이 부모를 놀이로 끌어들이며 함께 즐긴다. 아기들의 잠재력은 생각보다 대단하다. 아기의 연약한 몸 안에, 저 작은 몸짓에 대체 무슨 놀라운 생각이 들어 있는 것일까!

■ 2000년 7월 ○○~○○일 (수빈이랑 제주에 다녀오다)

일주일간의 휴가를 제주에서 보냈다. 수빈이는 태어나서 첫 여행인 셈이다. 이 기간 동안 수빈이는 눈에 띄게 자란 것 같다. 사촌 언니 오빠들이랑 함께 놀고 여러 식구들과 함께 지내면서 많이 큰 것 같다.

처음에는 할머니 할아버지가 낯선지 울먹이며 다가가지 않으려고 하더니, 돌아올 때 즈음에는 할아버지 방에서 혼자 잘 놀고 까르르 웃으며 장난도 친다.

맛있는 것도 많이 먹고 새로운 것도 먹어보았다. 할아버지로부터 식구들이 다 모여서, 작은 소라 모양의 보말을 까서 먹는데 수빈이는 주는 대로 날름 받아먹더니 오물거리며 열 개 이상이나 먹는다. 보말죽도 맛있게 먹는다. 전복 맛이 나는 보말의 고소하고 깊은 맛을 아는 듯이! 옥돔도 맛있는지, 밥에 얹어 주면 잘 먹는다.

수빈이는 그동안 집에서 혼자 지내다가, 처음으로 사촌언니들과 어울려 놀았다. 식사 후 장기자랑을 하는데, 언니들이 탭댄스와 발레도 하고 번갈아 노래도 불렀다. 수빈이도 언니들 사이를 왔다 갔다 하면서 참석하려고 한다. 언니들이 탭댄스를 추는데, 자기도 음악에 맞춰 몸을 끄덕이다가 급기야는 일어서서 함께 몸을 흔드는 것이 아닌가! 발을 '쿵 쿵' 굴리기도 하고, 손을 빙빙 돌리기도 하면서 스스로 율동을 한다. 언니들을 따라다니며 과자도 얻어먹는 등 제법 어울려 논다. 또래 친구와 놀아본 적이 없는데, 수빈이도 어린 언니들과 함께 노는 것이 즐겁고 신난 듯하다.

바닷가도 산책하고 화북과 사라봉으로 드라이브도 했다. 사라봉에 올라 풀밭에 자리를 깔고 앉았다가, 수빈이는 드러누워 수려한 나뭇잎 사이로 보이는 하늘을 올려다보며 우유도 먹었다. 멋있는 '풀밭에서 수빈이의 식사'였다. 이제 수빈이는 오르막길도 잘 걷는다. 아빠 손을 잡고 경사 길을 내려갔다가 오르막길을 혼자서 제법 걸어 오른다. 공항에서는 넓은 공간이 좋은지 빠른 걸음으로 여기저기 돌아다녔다. 이런저런 새로운 경험이 수빈이를 크게 만든 것 같다.

■ 2000년 7월 ○○일

요사이 수빈이는 말을 알아듣고 구체적으로 반응하기도 한다. 기저귀를 가져오라면 기저귀를 가져오고, 밖으로 나가려고 '신발 어디 있니?'하면 신발 있는 쪽을 가리킨다. 오늘은 우유를 타는 동안 수빈이가 우유 꼭지를 갖고 장난하다가 식탁 밑으로 떨어뜨렸는데, '우유 꼭지 어디 있니?' 하자 수빈이는 식탁 밑을 가리킨다. 이제 제법 말을 알아듣고, 자기가 원하면 '무-을',

'우-유'하며 발음하거나 가리키기도 한다. 말은 몇 마디 못하지만, 주위에서 엄마 아빠가 하는 말을 들으면서 말을 많이 익힌 것 같다. 이제 더욱 수빈이 곁에서 무심코 말하거나 행동해서는 안 되겠다.

■ 2000년 9월 ○○일 (수빈이가 처음으로 '바이-바이' 해준 날)

요즈음 수빈이는 아침에 나갈 때마다 떨어지기 싫어서 울먹이곤 한다. 어떤 날은 할머니한테 가지 않으려고 몸을 뒤로 내빼면서 울음을 터뜨린다. 오늘도 다른 날처럼 엄마 아빠를 배웅한다고 엘리베이터 앞까지 나왔다. 엘리베이터가 도착하여 수빈이를 할머니께 건네자, 다른 날 같으면 가지 않으려고 몸부림치며 우는데, 오늘은 할머니 품에 안겨 '바이 바이' 손을 흔드는 것이 아닌가? 그런데 그 표정이 가관이었다. 엄마를 보내는 것이 싫다는 표정이 얼굴에 역력한 동시에 잘 다녀오라고 '바이-바이' 하며 손을 흔드는 그 복잡 미묘한 표정에서, 엄마가 가야 한다는 것을 하는 수 없이 받아들이고 있음을 한눈에 읽을 수 있었다. 이제 수빈이는 아침에 엄마와 헤어지는 것이 싫어도 가야 한다는 것을 인정하고 받아들이게 된 것일까? 울고 싶은 것도 참고 잘 다녀오라는 인사를 하는 수빈이의 마음이 어떨까. 수빈이의 그 모습에 내 마음도 찡해졌다.

그날 이후로 수빈이는 아침에 엄마 아빠가 출근할 때, 울지 않고 때로는 아침 배웅을 즐길 수 있게 되었다. 저녁이면 엄마 아빠가 어김없이 돌아온다는 것도 알고 밖으로 마중 나와 엄마를 기다릴 줄도 알게 되었다. 그리고 저녁에 돌아오면 발을 구르며 좋아하거나 함박웃음으로 입을 벌리고 현관으로 뛰어나오곤 한다.

욕구와 의무 사이의 갈등과 망설임

아기도 한 돌 남짓 지나면 이미 욕구들 사이의 갈등과 모순을 느끼나 보다. 해야 하는 것과 하고 싶은 것 사이에서 어찌할 바 모르는 난감함, 망설임 등의 복합적 감정과 내면의 갈등을 경험한다. 엄마와 같이 있고 싶지만 엄마를 기꺼이 보내는 복잡한 감정이 아기의 표정에 잘 드러난다. 그러한 갈등을 온몸으로 표현하며 그래도 어쩔 수 없이 수용하는 행동을 보이는 아기의 모습에 마음이 짠해지기도 한다. 갈등 속에서 아기도 나름 하나의 선택을 하는 것일까? 그날 이후 수빈이는 울지 않고 수용하는 태도로 배웅하기 시작했다. 엄마가 가는 것이 싫어도 아침에 헤어졌다가 저녁이면 돌아오리라는 믿음을 갖게 된 것일까. 이렇게 욕구와 의무 사이에서 갈등을 경험하며 자아를 형성해 가는 아기의 모습을 사랑하지 않을 수 있을까?

수빈이의 언어와 사유세계를 중심으로

■ 2000년 11월 ○○일 (수빈이가 알면서도 모르는 척할 줄 알다)
얼마 전에 냉장고에 동물들 그림을 붙여두었다. 곰에서부터, 오리, 토끼, 코알라, 하마에 이르기까지 그림을 보며 이름을 불러 주었더니, 수빈이는 몇 개의 동물 이름을 알게 되었다. 특히 수빈이는 토끼와 오리와 펭귄을 좋아하고 물어보면 어김없이 그 동물을 가리킬 줄 알게 되었다. 그런데 어느 날 저녁에 '오리가 어디 있니?'하고 물었더니 (다른 날과 달리) 토끼 그림을 가리킨 후 나를 보면서 빙그레 웃는 것이 아닌가! 그래서 이번에는 나도 모르는 척 코알라를 가리키면서 '이게 오리인가?' 했더니, 수빈이가 얼른 제대로 오리를 가리킨다. 오리를 알면서도 모르는 척 엄마에게 딴청을 부린 것이다. 수빈이는 그게 재미있는지 토끼나 펭귄을 알면서도 물어보면 틀린 그림을 가리키며 모르는 척한다. 그리고 나도 모르는 척하면, 그때서야 제대로 가리키며 '까르르' 웃는다. 수빈이는 한참 동안 이를 놀이처럼 즐긴다. 이렇게 모르는 척 가장하는 것은 자신의 일차 사고에 대하여 다시 생각하고 평가하는 이차 사고를 전제한다. 어느새 수빈이는 메타 사고를 시작하게 된 것이 아닌가!

알면서 모르는 척 가장하기: 메타 사고의 형성

수빈이는 태어난 지 한돌 반이 될 무렵 알면서 모르는 척 가장하는 행동을 할 줄 알 게 되었다. 아기가 가장하거나 속일 수 있다는 것은 사고능력이 한 단계 상승했음을 보여준다. 가장하는 것은 자신의 사고에 대한 사고, 즉 메타적 사고의 대표적인 경우이다. 아기는 가장하거나 속일 때—즉 토끼를 가리키면서 알면서도 모르는 척 '이것은 오리다'라고 말할 때—자신의 말이 거짓이라는 것을 알고 있다. 이렇듯 속임은 자기 말이나 생각이 거짓이라는 생각, 즉 메타 사고를 전제한다. 또한 속일 수 있다는 것은 속이려는 사고 내용에 대해 다시 사고하며 잘 잘못을 평가할 줄 안다는 것을 포함한다.

이런 능력을 갖게 될 때, 아이는 자라면서 남들에게 자기 생각을 알리고 싶지 않을 경우 '아닌 척'하거나 감정을 숨기기도 하면서 자신만의 내면세계를 키워나갈 수 있다. 내면세계의 성장에 따라 양심도 자랄 것이며 자신만의 생각과 가치관 등 개성이 형성될 것이다. 가장한다는 것은 부정적인 의미만 있는 것이 아니다. 때로는 자신의 감정을 드러내지 않으면서 자신을 보호하는 수단이 되기도 하다. 표현할 자유 못지않게 표현하지 않을 자유 또한 중요하다. 말하고 싶지 않은 것을 말하도록 강요받아선 안 된다. 부모는 아이가 감정과 생각을 숨기는 것 또한 존중해주어야 하리라. 그것은 슬퍼할 일이 아니라 자녀가 자신의 세계를 형성하며 성장하는 특별한 과정으로 보아야 하리라. 때로는 부모도 모르는 나만의 생각이 있다는 것이 자녀에게 독립심과 자부심을 주기도 한다. 가장하는 능력은 아기가 자라면서 자신만의 독자적인 세계를 간직하기 위해 필요한 것이기도 하다. 그러한 내면의 보호막이 양심과 개인성을 형성하는 데 중요하다.

이와 유사하게 데카르트는 사고에 대한 자기의식이 있을 때 진정으로 사고 능력을 갖춘 것이라고 보았다. 그러나 세계에 홀로 존재하는 사유 실체라는 데카르트의 생각, 오직 생각하는 자아만이 존재한다는 유아론(唯我論)은 잘못된 것이다. 아이를 키우는 엄마는 결코 유아론자가 될 수 없으며 그런 태도를 취할 수도 없다. 그건 아기도 마찬가지다. 아기는 혼잣말이 아니라 상호 반응하는 과정에서 메타언어를 배우게 된다. 아기가 혼자 있다면, 반응하는 누군가가 옆에 없다면, 아닌 척 가장할 이유가 전혀 없다.

누구나 혼자서는 사람으로 성장하기 어렵다. 아닌 척 속이며 엄마의 반응을 살피는 아기의 태도는 데카르트의 유아론적 세계와 거리가 있다. 아기는 엄마의 경청과 반응을 기대한다. 아기의 메타적 사고는 혼자가 아닌 상호작용하는 관계에서 형성된다. 누군가를 사랑하는 사람은 결코 유아론자가 될 수 없다. 그는 경청하는 사람이며, 자신보다 관계가 중요하다는 것을 아는 자이다. 어쩌면 우리가 유아론이나 회의론을 극복할 수 있는 것은 사랑과 우정 덕분이 아닐까!

■ 2001년 3월 ○○일

지난주부터 수빈이가 눈, 코, 귀, 입, 발, 손, … 하면서 신체 부위를 가리키며 말하기 시작한다. 요즘엔 그림책을 보며, 참새는? 하면, "짹 짹" 하고, 강아지는? 하면 "멍 멍", 송아지는? "으음머어, 음머어-", 비둘기는? "구 구" 하며 묻는 대로 실감나게 동물 울음소리를 내곤 한다. 수빈이 어디에 그 말들이 숨어 있다가 입으로 나오는 것일까?

■ 2001년 4월 ○○일 (수빈이가 문장을 말하다)

그동안 수빈이는 참 많이 자랐다. 아침에 엄마가 나가는 것을 보며 다녀오라는 인사를 할 줄도 안다. 다양한 음성과 손짓으로 의사 표현도 곧잘 한다. 말은 대부분 다 알아듣고, 시키면 기저귀나 물, 휴지를 가져오는 등 심부름도 잘한다. 물건들(안경, 시계, 책, 컵 … 등)이 어디에 있는지 찾는 일은 수빈이가 선수이다. 블록 맞추기도 잘하며, 작은 레고도 제법 잘 끼워 넣는다.

오늘 아침, 수빈이는 엄마 아빠 배웅 후에, 드디어 완벽히 문장을 구사한 '사건'이 발생했다. 현관에서 수빈이가 '바이-바이' 손을 흔들며 잘 다녀오라는 인사를 꾸벅한 후(오늘은 할머니께서 자리에서 나오지 않고 그대로 누워 계셨다), 우리는 현관문을 닫고 집을 나섰다. 수빈이는 엄마 아빠가 가는 것을 본 후, 할머니가 누워계신 방으로 들어가더니, (할머니 말씀이) "엄마 갔다", "아빠 갔다"라고 똑똑히 말했다는 것이다. 단어에서 문장으로의 발언은 엄청난 진전이 아닌가!

■ 2001년 5월 ○○일 (수빈이가 '나'라는 말을 배우다)

요즘 수빈이는 식탁 위에 놓인 엄마 수저를 보고 '엄마 거' 아빠 그릇을 가리키며 '아빠 거'라고 하는 등 이런저런 물건에다 소유 개념을 사용하더니, 급기야는 자아 개념을 사용하기에 이르렀다. 물어보면 정확히 누구 것인지 말하기에, 이번에는 수빈이 옷을 가리키며 '누구 거야?' 했더니, 수빈이는 "내 거"라고 또박또박 말하는 것이 아닌가? 나는 '수빈이 거'라는 정도의 말을 예상했는데 자신에게 '나'라는 말로 귀속시킨다. 내 귀를 의심하여 수빈이 신발이나 양말, 그릇 등에 대해서도 또 물어보았더니 정확히 "내 거"라며 대답한다. 우리는 그동안 수빈이를 3인칭으로 불러왔는데, 수빈이는 자신을 정확히 일인칭으로 부르는 것이 아닌가! 그리고 나의 놀라움과 감탄을 의식하는지 이제는 자랑스럽게 '내 거, 내 거' 하며 읊기까지 한다. 나와 수빈 아빠는 놀랍고 신기한 눈으로, 그리고 그런 수빈이 모습이 재미있어 서로를 쳐다보며 웃음을 터트렸다. 수빈이는 이전부터 싹트고 있던 자아 개념을 이제 확실히 언어로 표현하게 된 것이다.

드디어 문장을 말하고, 자아 개념이 생기다

수빈이가 문장을 말하기 시작하더니 급속도로 말이 늘고 있다. 단어를 사용하다가 문장을 사용할 줄 알게 된 것은 진정 비약적인 발전이다. 사고력도 신장하여 자기 생각에 대해 생각하는 메타 사고 능력도 생겼다. '나'라는 말도 정확하게 사용할 수 있게 되었다. 두 돌이 채 되기 전에 자아 개념이 생긴 것이다. 아마도 이제 아기에게 새로운 세계와 사고를 열어줄 엄청난 일이 시작될지 모른다.

아기는 '나'라는 개념을 갖게 되면서 일인칭 주관적 관점도 생길 것이다. 세계를 바라보는 자신만의 시각을 갖게 될 것이다. 엄마의 시각과 다른 자신의 시각이 생기고, 자기의 뜻을 내세우거나 고집을 부릴 수도 있을 것이다. 고집이 있다는 것은 자기 생각이 있다는 것이고 그만큼 자기 세계가 자라고 있음을 뜻한다. 아기가 주체적으로 성장하기를 바란다면, 그러한 아기의 생각을 존중하고 이해해 주어야 하리라. 최소한의 기본 원칙을 벗어나지 않는다면 아이의 생각을 허용해 주어야 하리라. (이 원칙에 대해서는 가능한 이해할 수 있도록 설명하고 대화하는 것이 필요하다. 부모와 솔직하게 나눈 대화에 대해서는 아이가 이해하고 기억해두기 때문에, 당장 수용하지 않더라도 문제의 상황이 닥치면 그것을 상기하거나 염두에 두고 행동하기 마련이다.) 부모는 자신의 생각과 다르다고 해서 이유 없이 자녀의 고집을 꺾으려고 해선 안 될 것이다.

■ 2001년 6월 ○○일 (두 돌이 된 수빈이)

수빈이는 동화책 읽기를 좋아하여, 맘에 드는 책은 하루에도 몇 번씩 읽어달라고 한다. 그림 있는 동화책은 그림을 보면서 읽어 버린다. 강아지 그림이 나오면 "멍 멍"하고, 송아지 그림이 나오면 "음매 음매" 병아리를 보면서 "뾰약" 엄마 닭은 "꼬끄에"… 등등 거의 모든 동물 소리를 흉내 내곤 한다. 그런가 하면, 기린 그림이 나오면 목을 기다랗게 빼고, 하마 그림이 나오면 입을 크게 벌리고, 당나귀는 귀를 크게 잡아당긴다. 특히 가장 귀여운 것은 고슴도치 그림을 따라 몸을 웅크리는 장면에 가면 우리 모두 웃음을 터트리지 않을 수 없다.

수빈이는 그동안 그림책을 대충 보는 듯했는데, 어느 사이에 머릿속에 모두 입력이 되었나 보다. 수빈이는 이제 온갖 동물 울음소리와 특성과 모양을 흉내 내거나, 보이는 사물마다 이름을 부르기도 한다. 아기의 기억력이 놀라울 정도이다.

■ 2001년 6월 ○○~7월 ○○일 (여름 휴가 동안 수빈이가 부쩍 자라다)

제주 할머니 댁에서 여름휴가를 보냈다. 수빈이는 할머니 댁에 오고 나서 말이 무척이나 늘었다. 제법 조리 있게 문장을 말하고, 모든 말을 거의 정확하게 따라한다. 과자를 주면 고개를 숙이면서 "고맙습니다", 비행기에서는 승무원에게 두 손을 내밀며 "언니 사탕 주세요" 한다.

시간 개념을 나타내는 말들도 배웠다. 이젠 "내일" "조금 이따가(조금 후에)"라는 말도 할 줄 안다. 수빈이가 한 번에 껌을 한 통씩 다 먹어 치우기에 하나만 먹고 나머지는 내일 먹으라고 했더니, 나머지를 할머니 경대 위에 올려놓고 난 후 몇 번이고 만져보며 "내일", "내일"(내일 먹겠다고) 말하며 먹고 싶은 걸 참을 줄도 안다.

작년과 달리 낯을 가리지 않고 할아버지 할머니랑 함께 잘 논다. 이모와 사촌오빠도 좋아하며 따라다닌다. 그리고 제주에 머무는 동안 어느새 대소변을 가리게 되었다. 서울에서도 조금씩 연습은 하고 있었지만, 여기 와서 기저귀 없이도 밤에 이불 한번 적시지 않았다. 자다가도 한밤중에 일어나 '쉬'라고 말하며 졸린 눈을 하고 화장실에서 오줌을 눈 후에 잠이 들곤 했다. 수빈이는 대소변 가리는 연습을 한 지 얼마 안 되었는데도 너무 잘 해내고 있다.

■ 2001년 8월 ○○일

수빈이가 말이 늘기 시작하면서 모두 반대로 말하려고 하거나, 너무나 간절히 원하는 표정으로 부탁하거나, 새롭게 상황에 맞춰 말할 줄도 알게 되었다.

수빈이 말하던 중에 무언가 부탁할 때는 "좀 ~해 주세요"라고 하더니, 요즘엔 시시때때로 "좀 ~해주세요" ("좀 안아 주세요", 침대를 밀면서 "좀 밀어 주세요"…) 하기를 반복한다. 수빈이 장난을 말리거나, 밤에 양치 후에 간식을 못 먹게 할 때나, 전기를 껐다-켰다 하는 장난을 못하게 하거나 냉장고 문을 그만 열도록 하면, 수빈이는 검지손가락을 살짝 올려들면서 "꼬옥 한번만" 이라고 말하며 간절한 표정을 짓는 바람에 안 들어줄 수 없게 만든다.

요즘 수빈이는 엄마나 아빠, 할머니가 뭐라고 말하면 거기에다 앞에 "안"자를 붙이며 그 말을 부정하려 한다. "맛있니?, 참 맛있지?" 하면 "안 맛있어!"하고, 다쳐서 "아프지?"하면 "안 아파" 목욕하고 나서 옷 갈아입히며 "춥겠다"하는 말에 "안 추워", "인형 예뻐?"하면 "안 예뻐" "안 좋아" 등등 마치 청개구리처럼 반대로 응답하곤 한다. 그래서 아빠가 "이 장난꾸러기야!"하고 말했더니 "안 꾸끼야(안 꾸러기야)"하는 것이 아닌가! 그 말에는 우리 모두 웃음을 터트리고 말았다. 이제 날마다 "장난꾸러기야"하는 말에 수빈이는 자기도 함박 웃으며 "안 꾸끼야"하고 대꾸한다.

■ 2001년 9월 ○○일

수빈이는 짐 뮤직을 두 주째 다녀오더니, 거기서 부른 노래가 생각나는지 종일 노래를 흥얼거린다. '롤리 팝, 롤리 팝~' 하거나, '감자-하나, 감자-두울', '생일 축하합니다~(촛불처럼 양손의 두 검지 손가락을 세우고서) 후우!~' '도(손을 발등에 대고), 레(무릎에

대고) 미(엉덩이에 대고), … 시(머리에 대고) 도(두 손을 만세하고)'
율동을 섞어 노래를 부르곤 한다. 엄마가 잠재울 때 부르는 노
래나 그네 태우며 불러주던 노래도 한 소절씩 부른다. 아직 멜로
디는 거의 없지만 그래도 강약 고저를 따라 박자와 발음은 매우
정확히 부른다. 그리고 노래 테이프를 들으면서도 따라 부른다.
"'거미가 줄을 타고 올라갑니다.' 하네~", "'둥근해가 떴습니다'
하네~"…라고 말하며 노래를 따라 부른다.

놀다가 저녁 무렵이 되면 아빠가 돌아올 것을 알고 기다리는
것 같다. 오늘은 수빈이가 저녁 먹고 놀다가 현관문 쪽으로 가면
서 하는 말이 "아빠가 올 때가 됐는데~"하는 것이 아닌가! 아빠
를 기다리다가 그런 말도 할 줄 알게 되다니! 그런데 그 말을 하
자마자, 정말 아빠가 현관문을 열고 들어오는 것이 아닌가! 수
빈이는 너무 좋아하며 아빠에게 안긴다. 어쩜 이제 수빈이는 아
빠가 귀가할 시간을 예측하게 된 것일까?

시간을 예측하고, 이유를 대며 말하다

두 돌이 지나자 언어는 폭발적으로 늘어가고 거의 못하는 말이 없을 정도이다. 문장을 조리 있게 사용하고, 자기 생각을 표현한다. 시간 개념이 생기고 과거와 현재 등의 시제도 구분하여 말할 줄 안다. 하루의 흐름에 따라 시간을 예측하기도 한다. 엄마나 아빠가 돌아올 때가 되었음을 알고 현관 쪽으로 다가가 기다리기도 한다. 제법 긴 노래도 다 기억하여 부른다. 말귀를 알아듣고 이해하게 되면서, 눈을 들여다보면서 자세히 설명하면 엄마가 하는 말을 이해하고 받아들일 수 있을 정도가 되었다.

이제는 이유를 생각하며 말할 줄도 안다. (현관문 열면 안 돼요, "벌레 들어오니까" 하며 이유를 대며 말한다). 자기 말이나 행동의 이유를 생각한다는 것은 합리적 사고가 시작됐음을 보여준다. 아기의 언어 세계가 풍부해지면서, 나름 이유를 말하며 행동하는 생각의 깊이도 생겨나고 있다. 자신의 생각에 대해 생각하는 메타 사고와 자신의 생각과 행위의 이유를 찾는다는 것은 비슷한 성찰적 사고이다. 어느덧 아기도 자신을 성찰하는 힘을 갖기 시작한 것이다. 이는 알아들을 수 있도록 설명해주면, 아기도 이해하고 받아들일 수 있다는 걸 뜻한다. 아기에게도 이해의 여지가 생겨나고 대화가 가능해지는 것이다. 아기에게 양해를 구해야 할 순간에는 그렇게 할 수 있을 것이다.

■ 2001년 10월 ○○일

수빈이에게 빨강, 노랑, 파랑, 초록 색깔의 다양한 모양으로 된 블록을 사주었더니, 요즘은 그걸로 집을 짓거나 탑을 쌓으며 잘 가지고 논다. 그리고 수빈이는 블록을 통하여 여러 가지 분류하는 법을 터득하게 되었다. 블록을 모두 쏟아낸 후, 색깔별로 나누거나 모양별로 나누기도 한다. 그런 비교와 분류를 통해 수빈이는 그동안 불분명하던 색깔을 확실히 알게 된듯하다. 원기둥만을 골라내거나, 세모기둥을 색깔별로 늘어놓기도 한다. 수빈이는 세모기둥을 '집/지붕'이라고 부르는데, 집을 지을 때 양쪽

기둥 위에 얹어서 지붕으로 쓰기 때문이다. 수빈이는 그것만 따로 추려서 다른 곳에 보관하기도 한다. 왜 그런지 물어보니, 지붕(세모기둥)을 제일 좋아하기 때문이라고 말한다. 이렇게 수빈이는 자기가 좋아하는 것은 특별히 다루기도 한다. 그리고 블록으로 집을 지으며 놀다가, "빨간 기둥 가져오세요" 하면 빨간 블록 상자에서 원기둥을 꺼내어 가지고 달려오고, "초록 지붕을 가져오세요" 하면 또 좋아라 초록색의 삼각기둥을 가져오곤 한다. 요즘에는 "책 읽어 주세요" 하는 수빈이의 요구가 "집 지어 주세요" 하는 것으로 바뀐 듯하다.

추상적 범주를 지각하는 블록놀이

수빈이는 블록을 가지고 놀면서 색깔과 원기둥, 구, 사각기둥, 삼각기둥, 등 다양한 입방체 모양의 종류들을 정확히 구분하게 되었다. 추상체에 가까운 기하학적 입체 블록을 가지고서 모양을 분류하는 것은 어느 정도 추상적 차원에서 범주를 구분할 수 있다는 것을 뜻한다. 빨강색과 원기둥의 두 범주를 연결하여 빨간 원기둥을 고르는 것은 두 범주를 교차하여 분류하는 것도 가능하다는 것을 보여준다. 수빈이는 이전에도 동물(강아지, 고양이, 기린…)이나 차(자가용, 버스, 택시, 트럭, 굴삭기…) 등 구체적인 사물에 대한 분류를 할 수 있었지만, 이제는 색깔과 분리하여 기하학적 모양 등 추상적인 것에 대한 범주분류도 확실하게 알게 된 것 같다. 즉 어떤 모양이든 상관없이 빨강과 노란색 블록, 어떤 색깔인지 상관없이 원기둥, 삼각기둥, … 등을 분류할 수 있다. 또한 빨강색과 원기둥을 합쳐서 빨간 원기둥을 골라내고, 빨간 원기둥에서 빨강색과 원기둥을 분리해내기도 한다. 이렇듯 형태와 색깔을 분리하고 서로 연결하는 등 범주 간의 연결을 통한 분류도 가능해졌다. 아기들이 블록을 가지고 노는 단순한 행동 속에서도 여러 범주들을 교차하면서 연결하고 분리하는 추상적 사고가 형성되는 것을 관찰할 수 있다.

■ 2001년 11월 ○○일 (수빈이의 젓가락질)

수빈이가 젓가락을 사용하기 시작했다. 오늘은 조림한 검은콩 한 알을 젓가락으로 살짝 집어서 입안으로 넣는 데 성공했다. 그 아슬아슬한 모습을 가만히 바라보다가 환성을 지르며 박수를 쳐 주었더니, 더 신이 나서 계속 젓가락으로 콩이랑 미역이란 도라지 등을 집어 먹는다. 수빈이는 나름 젓가락을 올바로 쥐고, 처음인데도 젓가락질을 곧잘 하는 편이다. 콩이나 반찬을 집으려고 기를 쓰며 노력하다가, 집어 드는 데 성공하면 좋아라 함박웃는다. 그럴 때마다 잘했다고 웃어 주니 또다시 해보려고 시도한다. 수빈이의 손가락 움직임이 더 민첩해지고 있다.

■ 2001년 11월 ○○~12월 ○○일

수빈이의 말이 급격히 늘고 있다. 어디서 그 말들이 입으로 튀어나오는지 놀라울 지경이다. 요즘 수빈이는 매사에 벌어지는 일마다 자기 생각을 말하며 참견한다. 잠자러 가다가 "치카치카(양치질) 잊어버릴 뻔했다", "로션 바르는 거 잊어버릴 뻔했다",

"가습기에 물 (넣는 거) 잊어버릴 뻔했다"하며 스스로 챙긴다.

"엄마, 5분만 있다가 가요!", "지금 몇 시예요?" 시간을 자주 물어보는 걸 보니, 수빈이는 시간이 얼마나 지났는지 궁금한 것일까? 점차 시간 간격에 대한 감각도 생겨나는 것 같다.

오늘은 수빈이가 토스터기에 둥그런 찐빵을 넣으려 하자, 그건 너무 두터워서 안 들어간다고 말했더니 수빈이가 받아서 하는 말이 "되나 안 되나 해보자"라고 한다. 이 말에 웃음이 터졌고, 해보려고 시도하는 수빈이가 기특하고 재미있다.

병원에 다녀온 후 감기약을 먹는데 (물약을 5ml씩 먹으라는 걸 들었는지 투약기를 잡으며) "5미리 따라 주세요"라고 말한다. 의사가 지시한 양대로 따라주면, 수빈이는 투약기를 잡고 혼자서 쭉 마신다. 약도 잘 먹는 수빈이다. (이 모습을 보며, 수빈이가 돌이 채 되기 전 아주 어릴 적 일이 떠오른다. 할머니가 약을 먹일 때마다 안 먹으려고 몸을 버둥거려서 한동안 애를 먹은 적이 있었다. 하루는 억지로 먹이기를 포기하고 수빈이에게 투약기를 쥐어주고 마셔보라고 했더니, 선 듯 혼자서 마시는 모습에 우리 모두 깜짝 놀라게 한 적이 있다. 아마도 수빈이는 억지로 먹히는 것이 싫었던 모양이다. 스스로 마시는 것은 아무리 쓴 약도 잘 마시는 수빈이를 보면서 느끼게 되었다. 자율적인 성격이 강하다는 걸…)

■ 2001년 12월 말 ○○일 (꼬마 시인)

겨울 방학이 되어 수빈이랑 함께 제주 할머니 댁으로 내려갔다. 이번에는 비행기가 이륙하는 느낌이 오는지, 예전과 다르게 수빈이는 비행기가 뜨는 기분을 표현한다. "부웅~ 하늘로 올라간다"라고 말하며 좋아한다.

할머니 댁에 도착하자, 예전처럼 낯설어하지 않고 금방 적응하는 것 같았다. 동수 오빠랑도 곧 친해지고 따라다니며 함께 잘 놀았다. 수빈이는 지난여름에 제주에서 있었던 일들과 동수오빠와 놀았던 일들이 기억나는 듯했다. 여름에 동수가 준 곰돌이 인형을 보면서 지금도 "동수 오빠가 준 거야"라고 말하거나, "이모 차 타고 바다에 갔지?"라고 말하기도 한다.

할머니 말씀이, 여름에 올 때와 비교하면, 반년 사이에 수빈이는 말도 잘하고 참 많이 컸다고 하신다. 수빈이는 요즘 노래 부르기도 즐겨한다. 곰 세 마리, 작은 토끼야, 쉬파리 저리 가, 솜사탕, 영차영차, 둥근 해가 떴습니다, 거미가 줄을 타고 올라갑니다, 등을 이제는 제법 정확히 음정에 맞춰 멜로디를 내며 부른다.

이모 말씀이 수빈이가 표현력도 풍부하다고 한다. 수빈이는 흑미 섞인 밥을 보더니 "보라돌이(보라색) 밥이네!"하고, 해안도로를 드라이브하다가 하얗게 부서지는 파도를 보더니 "와~ 우윳물이다!"하고 함성을 지르는 것이 아닌가! 그 말에 우리 모두 배를 잡고 웃음을 터트렸다. 파도라고 가르쳐 주었더니, 수빈이는 "바다 안녕~ 파도 안녕~ 우윳물 안녕~" 하며 손을 흔든다. 부서지는 하얀 파도를 보고 '우윳물'이라고 소리 지르는 수빈이를 보며 모두 웃었지만, 세 살 수빈이가 은유를 사용하며 시를 터트린 사건이기도 하다.

은유를 사용하는 꼬마 시인

이상이 수빈이가 태어나서 두 돌 반 사이의 성장 과정을 기술한 것이다. 그 짧은 시기에 신체적으로나 정신적으로 폭발적인 성장이 이루어지는 것을 볼 수 있다. 몸을 가누지도 못하던 아기가 목을 가누고, 앉고, 서고, 걸음을 걷기 시작했다. 옹알이를 하고, 엄마라는 단어를 시작으로 드디어 문장을 말하고, 질문하고 은유를 사용하게 된다. 자아 개념이 생기고 메타적인 사고에 이르기까지 한 인간의 언어와 사유세계가 윤곽을 드러낸다. 아기답지만 웃음을 유발하는 멋진 은유로 시를 생성하기도 한다.

말을 알아듣고 이유를 말하게 되면서 아기도 충분히 합리적인 사고와 대화를 할 수 있게 된다. 떼쓰는 일이 줄어들고 '안 되는 일'에 대해서 이해시키거나 설명할 수도 있다. 무작정 못하게 금지하지 않고도 아기 스스로 선택할 수 있는 범위가 넓어질 것이다. 아기는 자유로운 경험을 통해 자신과 남을 존중하는 법이나 인간됨의 존엄성도 배울 수 있을 것이다. 부모로부터 선택의 존중과 자유를 배운 아기는 자신을 믿고 사랑하는 사람으로 성장할 수 있을 것이다.

■ 네 살 정도 즈음인가, 언젠지 정확히 기억나진 않지만, 어린이집 다니던 즈음이다. 수빈이는 차를 타고 가는 동안 평소와 달리 아무 말 없이 골똘히 앉아 있더니, 어린이집에 도착하자 "엄마, 엄마는 누가 낳았어요?"라고 묻는다. "할머니가 낳았지"했더니, "그럼 할머니는 누가 낳아 줬어요?"하고 또 묻는다. "음~ 할머니의 엄마겠지?"했더니, 수빈이가 답답하다는 듯 "아니, 내 말은 (맨 처음) 첫 번째 사람은 누가 낳아 줬어요?"라고 묻는 것이 아닌가! 존재의 근원이 궁금하고 그걸 정확히 '첫 사람'으로 표현하는 이 꼬마아이의 사고 세계가 놀라웠다. 첫 사람의 탄생에 대해 궁금해하며, 존재의 근원에 대한 물음이 생긴 것이다. 그리고 그 물음을 정확히 자기 수준의 말로 명료하게 표현하는 것이 아닌가!

근원을 질문하는 아기의 사유세계

아기가 성장하는 과정을 지켜보는 것은 놀라울 정도로 신비하다. 아기가 말을 하게 되면서 하나의 세계가 형성되고 한 개인이 탄생하는 과정을 바라보는 일은 경이롭다. 두 세 돌 정도의 아기도 자아가 싹트고 자기 의지가 생겨난다. 서 너 살이 되면 아기는 사물의 범주를 더 세밀하게 분류하고 추상적인 사고를 한다. '첫 사람'과 같은 존재의 근원에 대 한 물음도 생겨난다. 그런 물음을 떠올릴 수 있는 아기는 우주를 품을 만큼 큰 사유를 할 수 있으리라. 누군가를 위 해 한 방울의 눈물을 흘릴 수 있는 아기는 이웃의 아픔을 공감할 수 있으리라. 부모의 자유로운 사랑과 신뢰가 있으 면, 여유와 기다림의 시간이 주어지면, 아기는 이 모든 것을 만발하게 피울 수 있을 것이다.

제3부

자녀는 미래의 세대

6장

불안보다
믿음이 먼저다

믿음이 우선하는 세계

우리가 살아가는 동안 세상에 대한 믿음이 우선일까, 의심이 우선일까? 타인과 세상은 믿음의 대상일까, 의심의 대상일까? 데카르트는 자신 이외의 모든 것을 의심 가능한 것으로 보았으나 우리는 모든 것을 의심하고는 세상을 살아갈 수 없다. 아무것도 시작할 수 없다. 우리가 안심하고 길을 걷거나 책상 앞에 앉아 있는 것은 적어도 아무 이유 없이 땅바닥이 꺼지거나 무너지지 않을 것이라는 믿음이 있기 때문이다. 그런 믿음이 없다면 한시도 살아가기 어려울 것이다. 먹고, 자고, 사람을 만나는 등 우리 삶의 대부분은 무수한 믿음들에 토대를 두고 있기 때문이다.

우리는 앞에 있는 내 손이 정말 있는 것인지 의심하지 않는다. 타인들도 나처럼 생각하고 느낀다는 것을 의심하지 않는다. 데카르트와 달리, 비트겐슈타인은 그것을 의심의 대상으로 보지 않았다. 확실한 것이라고 보았다. 이런 것들은 확실하기에 증명도 정당화도 필요치 않다. 확실성의 세계가 의심과 불안보다 우선한다. 모든 것을 의심하는 것은 불가능하다. 물론 우리의 믿음이 틀릴 수도 있지만 모든 믿음이 거짓이라면, 의심조차 불가능하다. 의심은 많은 믿음들을 전제로 성립하기 때문이다. 거짓말에 성공하기 위해서도 많은 사실들이 참이라는 것을 보여야 하는 것과 같다. 거짓말도 다른 참말을 전제로 한다. 일관적으로 거짓만을 말하는 것은 가능하지 않다.

의심이나 불안보다 믿음이 우선한다는 것은 어쩌면 자

녀에 대한 부모의 태도에서도 가장 중요한 덕목이 아닐까? 부모가 자녀에 대해 믿음을 가지면 자녀도 자신을 믿고 어려움이 있더라도 도전할 용기를 갖는다. 부모의 신뢰를 받는 자녀는 정서적으로 안정감을 느낀다. 자신에 대한 긍정적 믿음을 형성하며 자신감과 자존감에서 오는 믿음을 바탕으로 타인과도 신뢰 관계를 쌓는다. 자신을 믿을 수 없는 사람이 남을 믿기는 더욱 어렵다. 아기는 염려와 불안, 의심과 걱정이 아니라 믿음 위에서 자유롭게 자란다. 믿음이 있는 관계는 서로 불필요한 감정 소모를 하지 않는다.

자녀에 대해, 자녀의 미래에 대해 불안이 커지면 부모는 흔들리고 자녀를 믿지 못하게 된다. 자녀를 믿고 기다리기보다, 부모가 나서서 자녀의 미래를 예단하며 불안 요소를 제거하려고 한다. 자녀의 안전한 미래를 위한다는 명목으로 아이의 미래를 자신의 시야에 가두어 버린다. 아이에게 개방된 문을 닫아버리고 아이가 미래를 향해 스스로 길을 찾아갈 기회를 차단한다. 믿음이 있으면 불확실성은 문제되지 않는다. 오히려 열린 가능성으로 받아들인다. 그러니 믿음이 먼저인 것을, 믿음의 지지대가 없이는 존재 자체가 흔들린다.

　우리는 아기의 놀이를 통해서도 이 문제에 대한 흥미로운 통찰을 얻을 수 있다. 아기들이 하는 놀이에 대해 여러 가지 해석들이 있는데, 다양한 놀이 이론은 각기 그에 부합하는 인간관을 가지고 있다. 아기들의 놀이 가운데 특별히 많은 사람들을 주목시킨 것은 '요요 놀이'이다.

　요요 놀이는 실에 공을 매달아 손이나 손잡이로부터 멀리 던졌다가 당겨오는 아이들의 오래된 놀이이다. 많은 사람들이 어린 시절에 해보았거나 본적이 있을 것이다. 요요 놀이는 실에 달린 공을 멀리 던짐으로써 자신의 눈앞에서 실에 매달린 물건이 없어졌다(혹은 사라졌다)가 다시 당김으로써 눈앞으로 되돌아오는 것(있는 것), 즉 '없다'와 '있다'를 반복하는 전형적인 놀이이다. 이 놀이에 대한 전통적 해석은, '없다-있다'의 반복되는 놀이를 통해 엄마의 부재에 대한 불안을 완화한다고 보는 것이다. 여기서 요요 놀이의 기능은 엄마의 부재에 대한 아기의 불안과 충격을 해소하거나 완화하는 것이다. 아기의 놀이에 대한 일종의 불안 모델, 혹은 결핍과 불안의 해소 모델이다. 이는 아기 놀이의 목적과 기능이 부정적 감정을 완화하거나 결핍을 해소하는 데 있다는 입장이다.

그런데 아기의 요요 놀이, 혹은 '없다-있다' 놀이는 다양한 버전을 가지고 있는 것 같다. 예로부터 우리의 아기들이 즐기는 '까꿍 놀이'도 이와 유사한 놀이로 볼 수 있다. 엄마의 얼굴이 이불 밑으로 숨었다가(없다) 이불을 들추고 '까꿍' 하며 나타나는 것(있다)이다. 그런데 프로이트는 아기의 놀이에 관심을 갖고 이에 대한 해석을 정신분석 이론으로 제시한 바 있다. 아기의 '없다-있다' 놀이에 대한 프로이트의 정신분석적 해석은 흥미롭지만 그 문제점을 검토해 볼 필요가 있다.

프로이트 정신분석의 놀이 개념

프로이트는 『쾌락 원리 너머』에서 아기의 놀이에 대해 정신분석적 해석을 제시하였다. 그는 생후 1년 6개월 된 남아가 스스로 만들어낸 놀이를 관찰한 후 다음 같이 분석한다.[*]

"… 아이는 손에 잡히는 작은 물건들을 모조리 방구석이나 침대 아래 같은 곳으로 집어 던지고… 아이는 재미있고 흡족하다는 표시로 오-오-오-오라는 큰 소리를 내었다(아기에게 '오-오-오-오'는 '없어졌어'라는 것을 뜻한다) … 이번에는 실에 달린 실패를 다시 침대 밖으로 끌어내곤 기쁨에 넘친 표정으로 '있다'라고 말하며 실패의 출현을 반겼다. 즉 그것은 완벽한 놀이, 사라졌다가 다시 돌아오게 하는 놀이였다. 그런데 더 큰 기쁨은 의심의 여지 없이

---

[*] 프로이트, 『쾌락 원리 너머』, 김인순 역, 2013. 아기의 놀이에 대한 프로이트의 해석은 '정신분석적 놀이 이론'의 토대가 된다.

두 번째 행위(있다)에 결부되어 있는데도 첫 번째 행위(없다)가 그 자체로 줄기차게 반복되었다."

여기서 제시된 놀이의 내용은 아이가 실패에 물건을 매달아 침대 밑으로 던지면서 '없다'를 의미하는 '오-오-오-오'라는 소리를 내고, 다시 침대 밖으로 꺼내면서 '있다'라고 말하는 것이다. 실패에 물건을 매달아 침대 밑으로 던져 숨기고 다시 꺼내는 놀이는 일종의 요요 놀이, 사라졌다가 다시 돌아오게 하는 '없다-있다' 놀이이다. 그런데 프로이트는 이 놀이에서 더 큰 기쁨은 분명히 두 번째 행위(있다)에 있는데도, 첫 번째 행위('없다')가 줄기차게 반복되는 것을 관찰한다. 즉 아이가 침대 밖으로 물건을 꺼내는 행위(있다)보다 실패를 침대 밑으로 들여보내는 불편한 감정의 행위(없다)를 더 많이 반복한다는 것에 주목한다. 이에 근거하여 프로이트는 이 놀이의 역할을 두 가지로 해석한다. 하나는 장악 욕동이다. 이는 수동적으로 당하는 체험을 능동적으로 장악하려는 욕구이다. 즉 이런 놀이를 통해, 어머니가 곁을 떠날 때 느끼는 불쾌한 수동적 체험을 능동적 체험으로 전환하여 극복하려는 것이다. 둘째는 어머니를 향한 복수 충동을 충족하는 것이다. 어머니가 아이의 곁을 떠났기 때문에 복수 충동이 생기는데, 실패를 멀리 던짐으로써 반항적으로 아이가 먼저 엄마를 멀리 보내버리는 것("그래 갈 테면 가라고. 나는 엄마가 필요 없어. 내가 직접 엄마를 멀리 보내버릴 거야.")으로 그러한 복수 충동을 충족시킨다는 것이다.

프로이트의 분석에 따르면, 놀이는 수동적이고 불쾌한 감정을 능동적으로 극복하기 위한 역할을 한다. 즉 놀이의 기능을 불쾌하고 수동적인 체험에 대한 능동적 장악 욕구 내지 복수 충동의 충족으로 간주하는 것이다. 이는 놀이를 불쾌감의 극복이나 결핍에 대한 충족으로 보는 일종의 결핍 모델이다. 이 점에서는 프로이트의 놀이 이론도, 불안과 같은 부정적 감정이나 엄마의 부재에서 오는 결핍의 해소라는 전통적 놀이 개념과 유사한 관점을 취한다.

그런데 프로이트는 아기의 '없다-있다' 놀이 분석에 앞서 이 아이가 양육에 문제가 있거나 병적인 아이가 아니라 정상적으로 보살핌을 받고 잘 자라고 있는 착한 아이라는 것을 강조한다. 이렇게 정상적인 아기가 결핍과 장악 욕동과 복수 충동을 갖는다고 보는 점에서, 프로이트는 아기의 이런 감정이 보편적이라고 생각한 듯하다. 그는 아기의 놀이에 대한 정신분석을 통해 놀이에 담긴 기능을 보편적 인간관으로 연관시켜 제시하는 셈이다.

놀이의 기능이 어머니의 부재에 대해 아기가 겪는 불안감과 불편함 등의 부정적 감정을 해소하기 위한 것이라는 정신분석 놀이 이론은 의심과 불안을 바탕으로 하는 인간관에 근거한다. 즉 프로이트의 놀이 개념에 나타난 아기의 행동 분석은 불안과 복수 충동을 더 근본적인 것으로 보는 인간관을 반영한다. 그러나 대부분의 아기들이 병리적 불안을 갖는 것은 아니며, 부모와의 신뢰 관계를 통해 불안과 의심보다 믿음과 기대에 바탕 한 세계관을 만들어나간다.

아기의 놀이는 자족적 즐김

아기는 태어난 지 4~5개월에서 6개월이 지나면서 벌써 놀이를 시작한다. 아기는 엄마가 제시하는 놀이에 반응하거나 스스로 놀이를 만들어내기도 한다. 아기는 어째서 놀이를 하는 것일까? 아기의 놀이에는 모종의 기능이 있는 걸까? 있다면 무엇인가?

프로이트는 아기의 놀이가 장악 욕동이나 복수 충동 등 모종의 결핍을 메우거나 부정적 감정을 해소하기 위한 기능을 갖는다고 보았다. 하지만 과연 그럴까? 나는 프로이트와 달리 생각한다. 실제로 아기들은 어떤 감정의 해소나 결핍에 대한 보상 때문에 놀이하는 것이 아니라, 그 자체로 놀이를 즐기는 것으로 보인다. 즉 아기의 놀이는 어떤 기능에 종사하기 위한 것이 아니라, 놀이 자체에 즐거움이 있다는 점에서 자족적이다. 아기의 놀이가 모종의 결핍을 충족시키기 위한 것이라는 기능 모델은 적절하지 않다. 오히려 아기들은 다른 목적이나 기능을 위해서가 아니라 놀이 그 자체에 흥미와 기쁨을 느낀다는 점에서 '자족적 놀이모델'이 적합해 보인다.

다음 사례는 아기의 놀이가 자족적이며 흥미에 초점이 있다는 것을 보여준다. 아기도 기회만 되면 새로운 놀이를 만들어내고 또 놀이에 빠져든다. 과연 놀이하는 인간, 호모루덴스다! 심지어 까꿍 놀이만 하더라도, 여러 형태의 새로운 버전을 창안해낸다. 수빈이는 7~9개월 즈음에 '없다-있다'를 반복하는 다양한 형태의 까꿍 놀이를 즐겼다. 장난감이 이불 속으로 들어갔다가 다시 나타나는 놀이나 엄마의 얼굴이 사라졌다가 다시 나타나는 놀이는 일종의 요요 놀이, '없다-있다' 놀이의 한 버전이다. 또한 수빈이는 놀이에 빠져 적극적으로 엄마 아빠를 놀이로 유도하기도 했다.

■ 2000년 1월 ○○일 (생후 7~8개월)

수빈이는 수건이나 이불로 얼굴을 가렸다가[없다] 이불을 걷으면서 서서히 눈을 마주치는[있다] 놀이를 하면 너무 좋아서 깔깔거린다. 아니 눈이 마주치기도 전에 이미 그것을 예견하여 웃음을 터트릴 준비를 하는 게 아닌가! 수빈이는 이제 눈에 보이지 않아도 뒤에 엄마가 있다는 걸, 그리고 웃는 얼굴이 곧 나타나리라는 것을 알고 있는 것이다. 신기하게도 얼굴 표정에 그 모든 것이 드러나 있다.

■ 2000년 3월 ○○1일 (생후 9개월)

오후에 간식을 먹은 후, 수빈이를 식탁 의자에 앉힌 채 함께 그림책을 보았다. 그림책을 보다가 우연히 책으로 얼굴을 가리게 되었는데 수빈이가 어느새 책 위로 고개를 쑤-욱 내밀어 나를 보고 있는 것이 아닌가! 그러고 나서는 나와 눈이 마주치자 '까르르르' 웃는다. 이번에는 내가 책 밑으로 숨자[없다], 수빈이는 다시 책 너머로 엄마를 찾아내곤[있다] 좋아라 웃는다. 이렇게 반복하면서, 수빈이는 능동적으로 책을 올렸다 내렸다 하면서 스스로 [없다-있다] 엄마 찾기 놀이를 만들어 하고 있는 것이다!

아기와 함께 까꿍 놀이(혹은 없다-있다 놀이)를 해보면, 엄마의 부재 시간이 부정적 감정으로 휩싸인 시간만은 아니라는 것을 알 수 있다. 이 놀이에서 '없다'의 순간은, 프로이트의 해석과 달리 불안과 분노(혹은 장악 욕동 및 복수 충동) 등 부정적 감정의 시간이 아니라, 엄마가 나타날 것이라는 예측과 기대를 확인하기 적전의, 확신을 맞이하기 직전의 절정의 시간이다. 바로 이어지는 '있다'의 순간은 그 기대와 확신이 '딱 맞아 들어간' 충족과 기쁨의 순간이다. 맞음의 순간에 환희가 일어나며*, 이것이야말로 이 놀이가 주는 즐거움의 핵심이다. 부재의 시간에 이미 기대가 절정에 달하는 순간이 없다면 뒤이어 나타나는(있다) 순간의 기쁨과 환희가 설명되지 않는다. '없다'로 시작되는 놀이지만 '있다'가 전제된다. '있다'의 기대와 예측이 전제되지 않는 '없다'의 놀이는 미완의 것일 뿐이다.

---

* 정대현, 『맞음의 철학』, 철학과현실사, 1997. 이 놀이는 맞음의 철학이 보여주는 세계관과 연관되어 있다.

프로이트의 놀이 분석이 '없다'에 맞춰져 있다면, 까꿍 놀이는 '있다'에 초점이 있다. 이 점에서 두 놀이는 동일한 것은 아니지만, 그 놀이가 보여주는 인간관의 차이는 잘 드러난다. 후자의 놀이는 '있다'의 기대와 예측이 딱 들어맞는 순간의 기쁨 때문에 아기에게 즐거움과 흥미를 준다. 놀이의 목적이 다른 기능(결핍의 해소)에 있는 것이 아니라, 그 자체로 즐겁기 때문에 아기들은 놀이를 즐기는 것이다. 즉 아기의 놀이는 다른 목적에 봉사하는 기능이 아니라, 믿음에 바탕을 둔 자족적 즐거움이다. 아기의 놀이가 자족적이라는 것은 아기가 의심과 불안보다 믿음과 확신 위에서 놀이를 즐긴다는 것을 의미한다. 예측과 기대의 맞음에 대한 기쁨은 믿음을 전제로 한다. 그리고 아기는 이 놀이에 빠져들면서, 이런 놀이의 새로운 버전을 다양하게 창안해 내기도 한다. 나아가 상황이 주어지면 즉각적으로 '수건 던지기' 놀이 등 다른 놀이들을 새로이 개발하기도 했다.

아기의 놀이에 대한 이런 해석이 설득력 있다면, 놀이의 불안 모델 내지 결핍 모델은 자족적 모델과 신뢰 모델로 전환할 수 있으리라. 결핍 모델은 소수의 병리적 아기나 일부의 아이에게 해당될 뿐이다. 만일 결핍 모델이 옳다면, 아기는 결핍이 해소되면 더 이상 놀이를 하지 않을 것이다. 하지만 이는 놀이에 대한 아기들의 지대하고 지속적인 관심을 설명하지 못한다. 또한 아기의 불안은 놀이나 연습을 통해서 완화되는 것이 아니라 신뢰를 통해 비로소 해소된다. 불안보다 믿음이 먼저라는 것은 그에 맞는 양육자의 태도를 요청하는 것이기도 하다. 엄마의 믿음에 아기도 믿음으로 반응한다. 아기는 엄마의 믿음에 기대어 무럭무럭 자라난다. 아기는 엄마의 믿음을 알아채듯 엄마의 불안도 알아챈다. 그러니 엄마의 불안을 아기에게 전가하지 말자. 믿고 기다려 주면 아기는 불안이나 실패에 대한 두려움 없이 용기를 가지고 자유롭게 모험하며 앞으로 나아갈 수 있다.

7장

현실과 이상 사이에서
자신을 지키기

이상을 추구한다는 것

이상을 추구하는 것은 좋은 일이라고 권장된다. 이상을 좇는 동안 현실에 안주하지 않고 우리를 더 나은 곳으로 나아가게 한다는 이유일 것이다. 이상은 현실이 나아갈 방향을 제시한다는 점에서 동기를 부여하고 우리를 이끌어주는 동력이 될 수 있다. 그러나 이상을 추구하는 것에도 함정이 도사리고 있다.

우리가 이상을 추구할 때, 현실과 이상 사이에서 올바로 관계 맺고 균형을 잡는 것이 중요하다. 그래야 이상은 현실이 나아갈 길을 인도하는 등대가 될 수 있다. 하지만 자칫 이상은 현실을 부정하거나 왜곡할 수 있다. 현실감을 잃어버린 이상은 방향을 잃은 나침판이다. 그런 이상은 현실을 억압하며 절망과 좌절을 가져온다. 그때 이상을 추구하는 것은 방향을 잡는 것이 아니라 맹목적인 질주가 되어버린다.

이상의 추구가 현실의 부족과 결핍을 채우는 것이라는 생각에 이르면, 그 부족함을 채우기 위해 매진할 것을 요구한다. 부족과 결핍을 채우라는 요구가 과도해질 때, 자신을 몰아세우며 모든 순간 최대의 성과를 내기 위해 질주하게 만든다. 그런 삶의 방식은 최대의 효율을 좇아 사는 것을 최고의 가치로 삼는다. 이는 효율성으로 꽉 채우는 삶이다. 꽉 채우는 삶은 여백이 없는 그림처럼 답답하고 숨이 막힌다. 삶의 여백이 없으면 자신의 삶을 돌아보지 못한다. 자신을 바라볼 공간이 없기에 자신을 성찰할 수도 없다. 오직 최대의 효율성을 추구하는 것은 기계의 존재 방식이다. 효율성으로 채우는 삶은 최대의 생산성을 위해 돌아가는 기계처럼 사는 것이다. 효율적인 자동기계의 부품으로 사는 것이다. 비움이 없는 채움은 생명을 위태롭게 한다.

여백이 있는 삶은 자신의 능력을 짜내지 않으며 여유를 두는 것이다. 자신을 못살게 굴며 소진시키지 않는다. 아무런 유용성이나 효율을 추구하지 않는 무용성의 공간에서 삶의 여백이 만들어진다. 삶의 여백이야말로 무위에서 오는 여유의 공간이자 상상력의 원천이다. 여백이란 아무 제약 없이 온갖 상상의 나래를 펼칠 수 있는 자유로운 공간이다. 그러한 여백이 없다면 상상력을 발휘할 여지도 없어진다. 꽉 채우는 것은 다른 여지가 없는 것이기에, 달리 생각할 상상의 공간을 말살시킨다. 삶의 여백은 온전한 안식을 누리는 무위의 공간이다. 유용한 존재가 되어야 한다는 강박 없이 무위의 기쁨을 누리는 공간이다. 이러한 삶의 여백에서 성과가 없더라도 조급해하지 않고 기다릴 수 있는 여유가 생겨난다.

아이를 키울 때도 기다림의 여유는 매우 중요하다. 아이를 이상적인 높은 기준에 맞추는 것이 아니라 아이의 고유한 성장 리듬에 맞추는 것이 중요하다. 여유는 자신의 삶의 리듬을 잃지 않는 것이다. 아기가 자기의 리듬을 자각하도록 돕는 길은 기다려 주는 것이다. 부모는 아이의 성장 과정에 개인적인 차이가 있다는 것을 이해하는 것이 중요하리라. 각자의 때가 있다는 것을 이해하고 믿음으로 기다려 준다면, 때가 왔을 때 아기들은 자신의 기질과 자질에 따라 자유롭게 피어나고 성장할 수 있다.

이상은 높을수록 좋다?

이상은 높을수록 좋은가? 도달할 수 없는 높은 이상을 추구하거나 이룰 수 없는 높은 기대치를 요구하는 것은 자녀의 현실을 병들게 만들 수 있다. 있는 그대로의 자신을 사랑하지 못하고 이상에 미치지 못하는 자신을 부정하고 비난하기에 이른다. 지나치게 높은 이상, 도달하지 못할 이상은 더 이상 현실의 나를 인도하는 등대가 아니라 나를 억압하는 족쇄가 될 뿐이다.

현실의 나와 이상적인 나가 괴리될수록, 그리고 이상적인 나를 더 사랑할수록, 나 자신을 있는 그대로 사랑할 수 없게 된다. 현실의 나와 괴리된 이상의 나를 바로 자신이라고 생각할 때, 나의 존재 자체를 긍정하지 못한다. 지금의 자신과 동떨어진 이상적 자아를 좇느라 현재의 나를 사랑할 수 없다. 또한 도달할 수 없는 이상, 도달할 수 없는 높은 기대와 요구가 지속될 때 우리는 자신감을 잃게 된다. 그것에 도달할 수 없는 자신의 모습에 실망하고 혐오하게 된다. 현실의 나에 대해 있는 그대로 사랑하기는 더욱 어렵다. 이처럼 도달하기 어려운 높은 기대치는 자존감과 자신감에 상처를 입힌다. 이상적인 나의 모습에 매몰되어 자신을 잃어버릴 수 있다.

자녀에 대한 부모의 태도도 마찬가지이다. 부모가 아이에게 기대하는 이상이 높을수록 아이는 위축되거나 부담을 느끼기 시작한다. 현재의 자신을 억압하기 시작한다. 이상적인 나를 추구하다 현실의 나를 불만스럽게 생각한다. 이상과 높은 기대를 충족하는 자신만을 인정하는 것은 역설적으로 지금의 나를 부정할 위험이 있다. 과거의 나든 미래의 나든 그게 아무리 선망하는 모습일지라도 현재의 나를 부정하거나 간과해서는 자신에 이를 수 없다.

미래의 이상과 마찬가지로 과거의 집착이나 편견 역시 우리의 자유를 구속한다. 허구적 편견을 비울 때만 진실로 현재의 자신을 사랑할 수 있다. 지금의 나보다 과거의 나, 전성기의 나를 더 사랑하는 것은 현실을 떠나 과거의 환상 속에서 사는 것이다. 진정 자신을 사랑하는 것이 아니다. 그러니 부모 역시 과거의 자신을 아이에게 덧씌우려고 해선 안 된다. 편견의 유산을 물려주려 해선 안 된다. 자신이 이루지 못한 삶을 아이로 하여금 살도록 요구해서도 안 된다. 편견을 비우지 않는다면 진정으로 지금 여기의 자신의 삶을 제대로 살지 못한다.

높은 기대치가 완벽주의와 결합할 경우 문제는 더 심각해진다. 한 청년의 고백이 떠오른다.

학교 시절에 완벽하리만큼 높은 성적을 받은 적이 있었는데, 엄마가 그렇게 기뻐하는 모습을 처음 봤어요. 태어나서 처음으로 엄마한테 온전히 인정받은 기분이었어요. 그 후에 난 엄마를 기쁘게 하기 위해 죽도록 노력했지만 목표에 도달할 수가 없었어요. 완벽하지 않으면 만족할 수 없었어요. … 모든 일을 대체로 잘하는 편이지만 완벽하지 않으면 만족할 수 없고 항상 부족하다고 생각했어요. 그 때문에 일이 힘들고 대인관계에서도 자주 문제가 생기곤 했어요. 나 자신을 인정하지 못하고, 남보다 내가 낫다는 생각은 들어도 실제로 자존감은 낮은 편이에요….

완벽한 성적에 대한 과도한 칭찬이나 기대는 이렇게 함정이 될 수 있다. 완벽주의 성향 때문에 열심히 하지만 항상 불만족스럽고 자신을 인정하지도 긍정하지도 못한다. 완벽함에 대한 엄마의 기대를 충족시키지 못했다는 자책이 언제나 뒤따르고 자신을 사랑하지도 못한다. 결국 완벽에 대한 기대로 자신감이 떨어지고 자신을 잃게 만든 것이다.

우리는 현실과 이상 사이에서 자신을 지키는 것이 중요하다. 현실이 닿을 수 없는 이상은 허구일 뿐이다. 이상이라는 허구에 진실한 자신을 뺏기지 말아야 한다. 이상을 좇다가 현실의 자신을 부정하거나 비하하는 것은 자신을 찾는 길이 아니다. 그것은 우리를 왜곡시키고 억압하는 족쇄일 뿐이다. 자신을 되찾는 길은 현재의 자신을 통하지 않으면 안 되며 지금의 나를 간과해서도 안 된다. 현재의 자신을 회피하고 이상에 이르는 다른 길이란 없다. 지금 여기의 자신에 충실하고 진실하게 사는 것에 길이 있다.

높은 기대치는 무력감을 낳는다

이상과 현실의 간격이 클수록 그리고 현실의 자아가 이상적 자아에 압도당할 때, 자신의 진정한 욕구를 잃어버리기 쉽다. 그렇게 되면 대리 욕구에 시달리거나 모든 의욕이 사라져 버린다. 자신의 진정한 욕구가 무엇인지 알 수 없게 된다. 무력감은 도달할 수 없는 기대가 낳은 병폐이다.

높은 기대치를 가진 부모는 자녀에 대한 칭찬에 인색하다. 이상에 못 미치기에 항상 모자라다는 부정적인 메시지를 던지며 더 분발할 것을 요구한다. 이는 자녀를 좀먹는 결과를 가져온다. 자녀도 자신을 평가하는 데 인색하고 자신을 있는 그대로 받아들이지 못한다. 그러니 이상의 명목으로, 도달 불가능한 기대치로 자녀를 몰아붙여선 안 된다. 높은 기대치도 일종의 억압이다. 그런 압박이 계속되면, 항상 함량 미달이라고 느끼며 자신을 비하한다. 기대를 충족시키지 못한다는 자책과 자기혐오에 시달리며 자신을 믿을 수 없게 된다. 이처럼 사회와 부모, 타인의 욕구에 따라 살다 보면, 자신의 욕구를 알 수 없게 되거나 심지어 모든 욕구를 상실하기에 이른다. 결국 삶의 의욕마저 잃어버린다. 이상적 자아에 익사당하는 일이 발생하는 것이다.

부모의 높은 기대와 요구를 감당할 수 없을 때 어떤 일이 일어나는가? 자녀로서는 아무것도 할 수 없을 만큼 완전히 무력해지는 것 외에 달리 할 게 없어진다. 그렇게 되어서야 부모는 자녀의 건강 이외에 아무것도 기대하지 않게 될 테니까. 건강하기만 해도 충분히 좋다고, 더 이상 바라는 게 없다는 걸 받아들일 테니까. 그것을 의식하든 않든 자녀는 무기력해지는 것으로 부모에게 대항하고자 한다. 물론 그것은 진정 대항이라기보다는 감당하기 어려운 고통을 호소하는 것이리라.

이처럼 높은 기대치에 대한 지속적인 요구는 자녀를 무력감에 빠트린다. 현재의 행복을 끝없이 유보하고 미루면서 결코 오지 않을 미래에 희생당하는 삶을 살게 된다. 이상과 현실 사이의 큰 괴리가 무력감을 낳는다. 무기력은 수동적 상태이지만, 다음의 사례처럼 자발적으로 그것을 욕구하며 스스로 무기력에 빠질 수도 있다.

완벽한 이상과 높은 기대치 때문에 무기력에 빠진 청년을 만난 적이 있다. 그녀는 스스로 무기력을 욕구하였다. 적극적으로 무기력을 욕구할 수 있다는 사실이 놀랍지 않은가! 그는 도달할 수 없는 이상을 추구하다가 그에 못 미치는 자신의 현실을 감당할 수 없어 무기력을 선택했다. 완벽하고 높은 이상에 도달할 수 없는 현실에서, 그 불안한 상황을 빠져나올 수 있는 방법은 무기력밖에 없었다. 그런 생각으로 무기력을 욕구하기에 이른 것이다. 높은 기대치로 인해 현실과 괴리된 이상은 삶의 생기를 앗아가 버린다.

지속적인 경쟁이 주는 무력감도 있다. 경쟁의 기본은 남과 비교하는 것에 있다. 경쟁은 남을 이기고 남보다 우위를 점하는 것을 목표로 하기 때문이다. 경쟁하는 삶은 남보다 우월해지기 위해 남을 의식하는 삶이다. 누구나 항상 경쟁에서 이길 수는 없기 때문에 사실상 누구나 패자가 될 수밖에 없다. 남과 비교당하는 경쟁적인 삶은 자신의 가치에 집중하기보다 남의 평가를 더 중요시한다. 끝이 없는 경쟁으로 인해 소진되고 무력감에 빠진다.

남과 비교하든 완벽하고 이상적인 자신과 비교하든, 모두 현재의 고유한 자신을 인정하지 못한다는 점에서는 같다. 둘 다 있는 그대로의 자신을 사랑하지 못한다. 비교한다는 것은, 남과 비교하건 완벽한 자신의 모습과 비교하건, 자칫 자존감을 해치는 독이 될 수 있다. 그것은 한 개인을 고유한 개성을 지닌 존재로 보지 않는 것이다. 사실 인간이 존엄하고 고유한 가치를 지닌 존재라는 것은 타인과 비교할 수 없고 대체할 수 없는 유일한 존재이기 때문이다. 그러니 부모는 자녀가 그 누구와도 비교할 수 없는 고유한 존재로서, 그 자체로 아름답고 사랑받아 마땅하다는 것을 느끼도록 기르는 것이 중요하다. 그것이 자녀를 존엄한 인격으로 기르는 길이다.

8장

삶을 사랑하고
용기 있게 세상에 나아가게 하라

삶의 기쁨과 아름다운 추억

'삶의 기쁨'이라는 말은 설렘을 불러일으킨다. 그럼에도 현대인은 왜 삶의 기쁨을 누리기가 힘든가? 남보다 많이 성취하기 위한 경쟁의 시대, 성공 강박의 시대, 생산적인 사람이 될 것을 요구하는 유용성의 시대, 자본의 시대, 남보다 우월한지 끝없이 비교당하는 성과의 시대에 삶의 기쁨이 끼어들 여지가 없기 때문이다. 이런 터전에선 기쁨이 싹틀 수 없다. 참된 기쁨을 잃어버린 시대이다. 하지만 삶의 기쁨이야말로 진정 삶의 에너지이자 생명의 원천이 아닌가!

삶의 기쁨은 자신의 고유한 생명 리듬을 따르는 자유로움 속에서만 샘솟는다. '시간은 돈'이라는 자본의 효율성을 요구하는 동안은 기쁨을 누리는 시간이 들어설 여지가 없다. 기계처럼 최대의 효율적인 생산을 위해 작동할 따름이다. 반면에 삶을 누리는 시간은 유용한 성과를 좇기보다 다른 목적 없이 오직 함께 하는 기쁨을 나누고 즐기는 우애의 시간이다. 삶의 기쁨을 누리는 시간은 자족적인 시간이다. 아무런 유용성을 추구하지 않는 무위의 시간이다.

우리는 왜 사는가? 삶의 의미란 무엇인가? 답을 알 수 없는 물음처럼 보일지라도, 그 물음을 푸는 실마리는 삶의 기쁨이 아닐까. 삶의 고난이 닥치더라도, 고통을 이겨내고 삶을 사랑하는 것은 기쁨의 샘에서 나온다. 그러니 삶을 사랑하기 위해서는 삶의 기쁨을 누려야 하리라. 삶의 기쁨은 어디에 있는가? 삶의 기쁨은 많은 돈과 명예와 성공, 그리고 대단한 문명의 이기를 누리는 것과 아무 상관이 없다. 이 모든 것을 소유하고도 기쁨의 샘이 말라버린 삭막한 삶을 살고 있지 않은가!

소박한 삶 속에도 아름다운 사람들 사이에는 진정한 기쁨이 있다. 감미로운 꽃향기, 신선한 산들바람의 감촉, 감동 어린 이야기, 아이들의 해맑은 웃음소리, 떠오르는 태양의 찬란한 광경, 그리고 아름다운 우정을 나누는 사람들의 따뜻하고 배려 있는 우애의 말과 몸짓에서도 우리는 기쁨을 느끼며 살아갈 힘을 얻는다. 친구와 함께했던 좋은 시간은 슬픔마저 아름다워서 함께 되돌아오길 바랄 만큼 한 번 더 살고픈 삶이 된다. 이렇게 삶의 기쁨을 누렸던 아름다운 추억에서 자신의 운명과 삶을 사랑하는 마음이 우러나온다. 이런 우정의 시간은 전쟁터에서도 삶의 부조리 속에서도 피어날 수 있다.

도스토예프스키는 『카라마조프 씨네 형제들』의 마지막 장에서 이 사실을 아름답게 기술하고 있다. 작가는 거짓과 살인, 음모와 지독한 편견 등 그 모든 광기 어린 사건들을 거치면서 인간의 추악함을 적나라하게 드러낼 뿐 아니라 동시에 선한 인간성을 이야기 하고자 한다. 이야기의 결말에서 작가가 보여주는 것은 '아름다운 추억'에 관한 인상적인 말이다. 알료사와 그의 어린 친구들이 장례식에 참석하여 죽은 친구를 기리며 사랑과 추억에 대해 말하는 아름다운 대화로 이 책은 마무리된다. 알료사는 삶의 기쁨을 누렸던 시간과 그 시간이 주는 추억의 참된 의미, 그것이 갖는 구원의 힘에 대해 말한다.

"너희들의 티 없이 맑고 아름다운 추억, 특히 어렸을 적 부모의 품안에서 뒹굴던 추억—그 추억만큼 미래의 삶을 소중하고 강렬하고 고결하며 유익하게 하는 것은 없는 법이란다. … 그 추억은 언젠가는 반드시 구원의 역할을 하게 될 것이다.

… (우리가) 앞으로 어떠한 악의 유혹을 받게 되더라도, 가장 잔인하고 냉혹한 인간이 되더라도 우리가 함께 일류사를 묻은 일이며, 죽기 전에 그에게 사랑을 주었던 일이며, 지금 이처럼 이 커다란 바위 옆에서 모두 함께 정다운 얼굴

로 이야기를 주고받은 일을 기억한다면, 적어도 지금 이 한 순간만은 우리가 착하고 훌륭한 인간이었다는 것을 마음속으로 감히 비웃을 수는 없을 것이다! 뿐만 아니라 이 아름다웠던 한 가지 추억이 우리를 무서운 죄악으로부터 지켜줄 것이다."[*]

작가는 '인간의 구원은 삶의 기쁨을 나눈 아름다운 시간에 있다'는 것을 말하고 있다. 티 없이 맑고 고결하며 아름다운 추억을 만들어 준 기쁨의 시간이 언젠가 반드시 우리를 구원해 줄 것이다. 그 아름다운 추억은 우리가 불행에 빠지더라도 악에 빠지거나 길을 잃지 않고 우리를 선량한 인간으로 인도해 줄 것이다. 삶의 기쁨이, 함께 나누었던 우정의 아름다운 시간이, 그리고 우리가 그렇게 선한 인간이었다는 기억이 우리를 악에서, 죄에서 구원해줄 것이다.

---

[*] 도스토예프스키, 『카라마조프 씨네 형제들』, 박형규 옮김, 누멘, 2011, 754쪽.

이는 어릴 적부터 마음속에 소중히 간직된 아름답고 고결한 추억이 무엇보다 가장 값진 교육이라는 것을 보여준다. 부모가 자녀에게 해줄 수 있는 중요한 것이 무엇인지도 말해준다.

삶의 용기

사랑하는 사람들과 한순간이라도 삶의 기쁨을 누린 아이는 절망하지 않는다. 세상과 삶을 포기하지 않는다. 고난이 닥치더라도 맞설 용기를 갖는다. 현대인은 남과 끝없이 비교하고 경쟁하며 남들처럼 살지 못할까 봐 두려워하는 경향이 있다. 자본주의 시대에 사람들은 남들처럼 직업을 갖고 돈을 벌고 남들처럼 '번듯하게' 살지 못할까 두려워한다.

'죽음보다 삶이 더 두렵다'는 청년들을 만난 적이 있다. 달리 부족함이 없어 보이는 학생들이 왜 삶을 두려워하는 것일까? 그들은 죽는 순간까지 이 경쟁이 끝나지 않을 것을 알면서도 경쟁의 대열에서 이탈하거나 그만둘 수 없다고 말한다. 경쟁에서 이탈하는 것은 실패이며 낙오된 것이며 인생이 끝장난 것이라고 생각한다. 사는 동안 이 경쟁의 대열에서 낙오될지 모른다는 두려움에 한시도 머뭇거릴 수 없다. 이렇게 사는 것이 두렵고 차라리 죽는 게 더 낫다고 말한다. 그들에게 삶은 그만둘 수 없는 무한경쟁의 게임에 갇힌 굴레처럼 생각된다. 이런 게임을 치를 수밖에 없는 사회를 원망한다. 더 이상 삶의 기쁨은 없고 삶의 주인이 되지도 못한다. 비교와 경쟁으로 타인의 잣대에 자기 인생을 내맡기고 만다. 쉼 없이 질주하지만 삶을 간과하고 진정 자신을 돌보는 삶을 살지 못한다.

이 시대의 삶의 방식은 때에 맞게 살지 못하고 너무나 서둘러 인생을 사는 것이다. 너무 서둘러 사느라 삶이 쏜살같이 지나가 버린다. 주어진 것들을 충분히 음미하고 누리지도 못한 채, 우리는 자신의 삶을 지나쳐 버린다. 서둘러 살다 삶을 지나치고, 삶의 갈림길에서 결단을 유예하고, 자신마저 놓쳐 버린다면 나는 누구의 삶을 사는 것인가! 삶을 충분히 누린 것이 아니라 삶의 종착지인 죽음을 향해 오직 질주하기만 했다면, 내 삶은 어디에 있는 것일까! 시간의 주인이 아닌 시간의 노예처럼 바쁘게 살다가 자신을 돌보지 못한다면 우리의 삶은 어디에 있는 것일까?

자신을 지나쳐 버리는 삶은 주인의 삶이 아니라 노예의 삶이다. 그것은 한눈팔지 않고 주인의 명령을 이행하기 위해, 오로지 경쟁의 대열에서 이탈하지 않기 위해, 자신과 삶을 돌보지도 못한 채 다만 바쁘게 서둘러 사는 것이다. 분주하게 움직이지만 남이 정해준 목표를 향해 달릴 뿐이다. 자신의 길을 걷는 것이 아니라 남의 길을 따라갈 뿐이다. 그것은 시간을 아끼고 절약하지만 그럴수록 더 분주해지는 삶, 영혼을 풍요롭게 해주는 여유와 안식이 없는 삶, 중요한 것을 유예하고 다만 서두르며 삶의 종착지로 달려가는 삶이다.

삶의 주인으로 사는 것은 삶을 누리는 것이다. 그리하여 기꺼이 고난을 감수할 만큼 삶을 사랑하는 것이며, 모험이나 실패를 두려워하지 않는 것이다. 다시 일어서서 걸어갈 용기가 있는 한 실패는 더 이상 실패가 아니다. 그러니 자녀에게 중요한 것은 실패하지 않도록 돕는 것이 아니라, 실패해도 다시 일어서도록 사랑과 용기를 주는 것이다. 용기는 삶을 사랑하는 데서 나온다. 기쁨의 경험과 추억만큼 삶을 사랑하고 고난과 두려움에 맞설 용기를 주는 것은 없다.

그러니 부모는 우리의 자녀들과 함께 기쁨을 누리고 아름다운 추억으로 되살아날 생명의 시간을 살아야 하리라. 아름다움과 기쁨은 생명의 활기와 영혼을 울리는 감동을 준다. 자본처럼 소비되는 시간을 살기보다 기쁨을 누리는 시간을 살아야 하리라. 자본의 효용을 좇는 기계나 노예가 아닌 시간을 누릴 줄 아는 주인으로 길러야 하리라. 그리하여 삶을 사랑하는 자유로운 영혼으로 자라나길 기도하자. 부모의 할 일은 아기가 삶의 기쁨을 경험할 수 있게 자유로운 삶을 느끼게 해주는 것이다. 삶의 기쁨을 아는 자녀는 커다란 고난이 닥치더라도 이겨낼 수 있는 용기를 잃지 않는다. 더 이상 삶이 두렵지 않을 것이다.

용서보다 사랑을

용서는 분노의 감정과 연루되어 있다. 분노는 상대의 부당한 잘못을 인지하고 그것을 되갚아 주려는 보복의 감정을 포함한다. 보통 부당한 피해라면 법적으로 복원해야 할 정의의 문제이다. 그런데 법의 영역 밖에서, 가족이나 친밀한 관계에서 일어나는 부당한 잘못은 어떻게 해소할 수 있을까? 하나의 대안은 용서인 듯하다.

용서는 분노의 감정에 들어 있는 부당한 잘못을 바로잡을 것을 요구한다. 용서는 자신에게 가한 잘못에 대한 응분의 대가를 치르기를 요구한다. 또한 진정한 뉘우침과 사죄 등 용서받을 사람의 태도를 전제한다. 즉 상대방이 잘못했다는 생각으로 화가 난 사람은 상대가 잘못을 고치거나 용서를 구하는 등 용서받을 만해야 용서할 수 있다고 생각한다. 그런데 그 '용서받을 만함'이라는 생각이 용서를 어렵게 한다. 용서의 조건을 따지기 시작할 때, 용서는 점점 어려워진다. 용서하는 자와 용서받는 자 사이에 뉘우침과 용서가 공정하게 이루어지기란 쉽지 않다. 우리의 분노에 들어 있는 복수심과 보복의 감정은 당한 것보다 더 많은 것을 되돌려 주고 싶어 할지 모른다. 분노와 보복의 감정은 절제를 모르기 때문이다. 그것은 과도하게 넘치는 경향이 있다. 분노와 용서는 절제와 균형을 잡기 어렵다. 친밀할 관계일수록, 특히 부모와 자녀의 관계에서 용서는 자칫 더 어려운 문제를 일으킬 수 있다.

부모와 자녀의 관계에서 용서보다 더 나은 길은 사랑이다. 용서 역시 사랑의 다른 이름이라고 말하지만, 용서와 사랑에는 중요한 차이가 있다. 사랑은 용서와 달리 잘잘못을 따지지 않는다. 용서는 잘못에 대한 응분의 대가를 요구하며 분노에서 나오는 냉담한 마음을 해소하기 어렵다. 용서로써 정의를 바로잡으려 하기보다, 오히려 사랑으로서 정의가 따라오길 기대하는 편이 낫다. 사랑이 첫째이며 정의보다 먼저인 이유다. 사랑만이 부정적 감정을 해소할 수 있다. 아기에게 조건 없는 사랑을 주는 것이 중요한 까닭이다. 사랑만이 아기에게 왜곡된 감정을 부과하지 않으며 어두운 감정을 해소하는 바른 방법이 될 수 있다. 사랑만이 길을 잃지 않는 등불이 되어준다.

자존감이 있는 사람은 자신을 믿고 존중한다. 인간으로서의 존엄을 지키기 위해 최소한의 반항을 하지만, 원한과 적개심을 쌓지 않는다. 절도 있는 반항은 감정을 왜곡하지 않으며 슬픔마저도 아름답게 수용할 수 있다. 부당한 구조나 불의를 범한 사람에 대해 반항하되 절제된 반항은 균형을 잃지 않는다. 반항은 분노와 달리 원한과 적개심으로 상대방을 보복하려는 환상에 사로잡히거나 과도하게 부정적 감정에 빠지지 않는다. 반항은 분노와 달리 사랑이 있고 절도가 있다. 인간을 사랑하기 때문에 인간 이하의 행동에 반항하는 것이며, 그것을 바로잡기 위해 행동하고 연대하는 것이다.

분노와 적개심은 자녀와의 관계에서도 해소되어야 할 위험한 감정이다. 부모도 화가 나는 상황이 있고, 실제로 자녀의 행동에 화가 날 경우도 많다. 또한 중요한 일에서 자녀와 의견을 달리할 때, 무리하게 고집을 부릴 때, 부모는 걱정이 앞서는 바람에 감정적으로 대처하기도 한다. 심지어 부정적 감정을 표출하며 자녀를 조종하려고도 한다.

부모는 자녀를 키우면서 자신의 분노를 잘 이해해야 하리라. 자녀에게 화가 났을 경우에도, 분노의 감정을 곰곰이 되짚어 보면 자녀의 문제가 아니라 부모 자신의 문제일 때가 많다. 분노에 들어 있는 적개심은 자식에게조차 냉담한 마음을 갖게 만드는 무서운 감정이다. 분노는 일어나는 순간 긴급하게 멈추거나 해소해야 할 감정이다. 분노의 감정을 자각했을 때, 자녀의 잘잘못을 따지기 이전에, 원망과 적개심을 아량으로 빠르게 전환하는 것이 중요하리라. 분노의 찌꺼기가 남아 있는 한 잘못을 바로잡는 교육은 제대로 이루어질 수 없다. 분노가 해소되지 않는 상태에서는 자녀에게 부정적 감정을 전달할 따름이다. 더 이상 교육이 아니라 자신의 감정을 반사하는 것에 불과하다. 분노의 감정이 사라졌을 때만 자녀를 위한 참교육이 가능하다.

분노와 용서보다 아량을 베풀라! 분노와 적개심이 일어

난다면 시간을 끌어선 안 되며 순간적으로 떨쳐내는 것이 필요하다. 그것이 망각의 용기다. 망각은 단순히 잊는 것이 아니다. 홀홀 털어버리는 것이 진정한 망각이다. 이렇게 비워낸 자리에 긍정적인 감정이 들어설 여지가 생긴다. 분노를 비워야 비로소 새로운 긍정의 감정이 생성된다. 분노의 감정을 전환하기 위해서는 창조적인 상상력이 필요하다. 분노가 일어난 순간 잘못을 따지고 용서를 구하려 하기보다 순식간에 분위기를 전환할 수 있는 상상력과 유머가 필요하다. 자녀가 잘못을 저질렀을 때, 분노하고 탓하며 원망을 표출하기보다 원망을 아량으로 바꾸는 것이 사랑이고 용기다.

인간의 가치를 지키기 위해서는 절도 있게 반항하는 것이 중요하다. 반항은 최소한의 인간의 가치를 지키기 위한 것('이건 아니야, 사람으로서 이럴 순 없어')이기에, 바로 그런 이유로 인간의 존엄과 사랑을 지키기 위해 절제된 방식을 사용한다. 그 점에서 반항의 정신은 원망이나 보복의 감정과 다르다. 그것은 남을 탓하거나 원한을 쌓아두지 않는다. 다만 최소한의 인간 가치를 지키기 위해 결단하고 행동한다.

반면에 분노와 적의, 원망과 원한은 남들도 자신이 처한 부정성에 빠지기를 욕구한다는 점에서 자신과 관계를 망가뜨린다. 분노와 적개심은 자신의 부당한 처지를 되갚고 원한을 갚기를 욕구한다. 그것은 자신이 나아지기 위한 것이라기보다, 상대도 자신처럼 부정성에 빠지기를 원하는 것이다. 그리하여 분노와 원한을 가진 자는 상대를 파괴하기 위해서라면 자신조차 파괴되는 것을 마다하지 않는다. 원한과 적의에 찬 복수심은 심지어 자식조차 제물로 삼을 수 있다. 남편에게 복수하기 위해 자식마저 희생시킨 메데이아를 상기해 보라!

아이를 기르는 부모는 분노의 감정에 올바로 대응해야 한다. 자녀가 최소한의 인간 가치를 위해 절도 있게 반항할 줄 알되, 원한과 보복의 부정적 감정을 쌓지 않도록 해야 하리라. 절제된 반항의 정신을 갖되 분노와 원망의 감정에서 자유로운 사람, 그처럼 맑고 고결한 영혼을 가진 매력적인 사람으로 길러야 하리라. 매사에 부모가 그런 모습을 본보여야 하리라.

9장

자녀는
미래의 세대다

미래에서 온 아이

아이가 살아갈 미래는 새로운 세대의 아이들이 만들어갈 것이며, 과거의 부모 세대가 예측하고 재단할 수 있는 것이 아니다. 아직 오직 않은 미래를 찾아가는 동력은 아이 안에 들어있다. 미래 세대는 이 시대의 삶의 방식과 패러다임을 바꿀 것이다. 우리 부모 세대가 앞으로 도래할 미래에 대해 어떻게 알 수 있겠는가? 인간의 미래는 과학의 현상처럼 정확하게 예측할 수 있는 것이 아니다.

시인은 말한다.

'미래에서 온 내 아이 안에는 이미
그 모든 씨앗들이 심겨져 있을 것이기에' …
'미래에서 온 아이의 삶을 함부로 손대려 하는 건
결코 해서는 안 될 월권이기에' … *

그렇다, 자녀는 미래의 세대다. 부모가 알지 못하는 미래를 부모의 잣대로 보려고 해선 안 된다. 미래 세대가 추구하는 인간상이나 삶의 방식은 새롭게 바뀔 것이다. 기성 세대가 중요하게 여기는 직업이나 가치도 많이 달라질 것이다. 노동과 일과 직업을 중심으로 일생을 계획하던 부모 세대와는 달리, 새로운 방식의 인생이 자녀에게 펼쳐질 것이다. 그러므로 자녀가 살아갈 미래는 자녀 스스로 길을 찾

---

* 박노해, 「부모로서 해줄 단 세 가지」, 『그러니 그대 사라지지 말아라』(느린걸음).

아갈 수밖에 없다. 자녀의 인생 역시 자녀 스스로 개척해야 하리라. 이제 부모는 자녀를 믿고 맡겨야 하리라. 신뢰에 바탕을 둔 자율성을 키워나가야 하리라. 또한 자녀의 주체성을 북돋우고 자녀의 의지를 존중해야 하리라.

자녀가 자기 삶의 주체로 살아가게 하려면 부모는 자녀를 존중하고 자녀의 의지를 꺾지 않는 것이 중요하다. 부모와 자녀의 의견이 충돌할 때, 미래의 아이들이 기성 세대에 저항하며 그것을 넘어서려는 것은 당연한 일이다. 어쩌면 낡은 세대와 싸워 이기는 것이 새로운 세대의 의무이자 권리다. 그렇게 부모로부터 독립해 나가야 하리라. 또한 부모는 아이가 가는 길을 막으려 해선 안 된다. 자녀의 의무가 부모를 떠나는 것이라면, 부모의 의무는 자신을 넘어서려는 자녀를 응원하는 것이다. 때로는 가슴이 아플지라도, 자녀가 그렇게 독립적으로 자기 길을 걸어가는 것을 기뻐해 주어야 하리라. 자녀가 미래를 향해 용기를 내며 스스로 새로운 삶의 방식을 창조해 나가도록 응원해 주어야 하리라.

부모로서 해줄 일

그러면 미래 세대인 자녀에게 부모가 해줄 수 있는 것은 무엇인가? 부모가 자녀의 행복을 위해 무엇을 할 수 있는가? 그것은 부모가 생각하는 행복한 삶으로 자녀를 이끄는 것이 아니다. 안전한 삶을 마련해 주는 것도 아니다. 부모의 뜻대로 자녀를 움직이려 해선 안 된다. 부모 세대의 근시안으로 아이의 삶에 함부로 개입하려 해선 안 될 것이다. 어쩌면 부모가 자녀에게 무엇을 해주려고 하기보다 무엇을 하지 말아야 할지를 더 고민해야 할 듯하다. 부모가 해줄 일에 대한 시인의 말이 공감된다.

　… 내 아이를 위해서 내가 해야 할 유일한 것은
　내가 먼저 잘 사는 것, 내 삶을 똑바로 사는 것이었다
　… 나는 아이에게 좋은 부모가 되고자 안달하기보다
　먼저 한 사람의 좋은 벗이 되고
　… 그저 내 아이를

'믿음의 침묵'으로 지켜보면서

이 지구별 위를 잠시 동행하는 것이다.[*]

  미래에서 온 미래의 아이는 편견 없이 자유로이 미래의 길을 찾아 삶의 우주선을 스스로 운행해 가리라. 과거의 틀에 갇힌 눈으로는 볼 수 없는 곳을 향해 날아가리라. 그러니 부모가 해줄 수 있는 일은 그 길을 가르쳐주는 것이 아니다. 자신이 살아온 삶의 방식에 고착된 부모는 그 길을 알아볼 수도 없을 것이다. 진정으로 아이를 위해 부모가 할 수 있는 유일한 것은 자기 삶을 똑바로 사는 것이다.

  부모의 역할은 때때로 자녀가 길을 잃고 방황하더라도 자신의 길을 찾아 다시 일어설 수 있는 용기를 심어주는 것이다. 부모 자신이 똑바로 살고 스스로 삶의 길을 찾아가는 모습을 보여주는 것, 부모의 그런 모습에서 자신도 그럴 수 있다는 믿음과 용기를 얻게 해주는 것이다. 그리하여 한 사

---

[*] 앞글.

람의 좋은 벗이 되는 것이다. 부모의 역할은 손님처럼 환대하고 돌보며 기쁨을 나누되 자신의 길을 가는 것을 방해하지 않는 것, 함께 잠시 동행하더라도 각자 자기 길을 가는 것이다. 그리하여 아이에게, 미래에서 온 손님에게 미래의 길을 스스로 잘 찾아가도록 돌보고 용기를 주는 것이지 그 길에 개입하는 것이 아니다. 부모 세대는 미래로 날아갈 자녀의 우주선에 함께 탈 수는 없다. 미래의 우주선을 잘 운행하며 자유로이 날아가도록 기도할 뿐이다.

아이들의 신성한 긍정에서 배우기

왜 현자들은 어린아이들을 칭송하고 아이로부터 배워야 할 것을 강조했을까? 단지 순진무구하기 때문일까? 그보다 신성하리만큼 긍정적인 아이들의 모습 때문이리라. 왜곡된 억압으로 주눅 들지 않은 한, 아이들의 자연스러운 행동이 보여주는 긍정의 정신은 참으로 놀랍다.

시인은 전쟁터의 아이들을 경이로운 시선으로 그려내고
있다.

아이들은 놀라워라

… 눈물 뚝뚝 흘리던 그 눈동자에

금세 장난기 가득히 손을 흔드니

… 아이들은 놀라워라

공포와 절망의 전쟁터에서

가장 먼저 울고 가장 먼저 웃고

… (이 세상 그 어떤 무기도 막을 수 없는

　자신들의 아침을 향해 가장 먼저 일어나)

거침없이 다시 삶을 시작하고 있으니*

시인이 바라본 것은 아이들의 신성한 긍정의 정신이다.
이것은 심지어 전쟁터에서도 사라지지 않는다. 아이들은

---

*　박노해, 「아이들은 놀라워라」.

총격의 공포도 금새 잊고 신나게 뛰어논다. '폭탄이 떨어지는 건물 사이를 겁도 없이 동무들과 뛰어다니고' 폭격에 놀라 엎드렸다가도 어느새 다시 장난을 친다. 이것이 아이들의 놀라운 긍정의 정신이다. 고통과 공포에도 굴하지 않고 거침없이 다시 일어나 시작하는 것은 망각의 힘이다. 두려움과 원한의 감정을 쌓아두지 않는 구김 없이 맑고 신성한 정신이다. 이것이야말로 어른이 아이에게 배워야 할 정신이다. 이 점에서 어린이는 어른의 훌륭한 어버이다!

신성한 긍정의 맑은 눈을 잃어버린 아이는 더 이상 아이가 아니다. 고난을 통과하는 동안 남을 탓하고 원망하며 긍정의 정신을 잃어버린 어른은 초라한 어른이다. 어른이 되는 대가로 아잇적 신성함을 잃어버리는 것은 슬픈 일이다. 그러니 어른이 된다는 것은 아이의 신성함을 잃는 것이 되어선 안 될 것이다. 여전히 우리는 아이들의 신성한 긍정을 배워야 하리라. 신성한 긍정의 정신은 아이들만이 아니라 어른이 되어서도 지켜야 하는 고결하고 맑은 심성이다. 부모가 아이에게 이런 모습을 보여주는 것, 그리하여 아이의 맑고 신성한 영혼을 지켜주는 것이 부모의 참된 교육이다. 그것은 원한과 적개심 쌓아두지 않고, 부정적 편견을 비우며, 남을 탓하거나 원망하지 않는 것이다. 분노와 원망은 아이들의 감정이 아니다. 아이들은 절망이나 원망을 곧 잊어버린다. 그 감정을 쌓아두지 않는다. 아이에게는 신성하고 창조적인 놀이일 뿐이다. 이것이 언제든 웃으며 새롭게 거침없이 다시 시작할 수 있는 힘이 된다.

그리고 아이들의 신성한 긍정은 허무와 상실의 두려움에 사로잡히지 않는 것이다. 열심히 쌓은 모래성을 한순간에 파도가 휩쓸어버릴지라도 아랑곳없이 다시 즐거이 모래성 쌓기에 열중하는 것이다. 좌절하지도 않고 허무에 빠지지 않고 기꺼이 다시 시작하는 것이다. 고난을 겪더라도 좌절하거나 분노하지 않고 훌훌 털어버리는 것, 그리고 남을 탓하거나 원망하지 않는 것이다. 신성한 긍정은 부정적 감정을 잊게 만든다. 아니 부정적 감정을 망각하기에 신성한 긍정이 들어서는 것이리라. 망각이야말로 창조적 긍정의 힘이다. 그것은 시기와 질투, 원망과 원한, 트라우마마저 벗어나 버린다. 그리하여 우리를 공포와 충격에서 해방시키고, 부정적 감정에서 벗어나 순수하게 신성하고 맑은 심성을 유지하게 해준다. 자신을 구속하는 장애물과 어두운 감정에서 자유로워지고 신성한 긍정을 지닌 존재로 남아 있을 수 있는 것이다.

빛의 삶을 살기를 기도하며

나는 좋은 엄마였을까? 여기 기술한 대로 실천 할 수 있었을까? 나 역시 수없이 걸려 넘어지곤 했다는 것을 고백해야겠다. 그럼에도 나는 사랑하는 마음으로 아기와 관계하며 엄마가 되어갔다. 모성의 전형이 있다고 생각하진 않는다. 모성은 천성적인 것도 본래 타고나는 것도 아니다. 누구나 자신의 방식으로 노력하며 엄마가 되어간다. 나는 엄마가 되는 과정에서, 누군가에게 아낌없이 준다는 것을 나이가 들어서 다시 배울 수 있었다. 아기가 내게 오지 않았다면 내 삶이 어떠했을까를 상상하기 어렵지만, 적어도 아기와 만나지 않았다면 오늘의 나는 많이 달라져 있지 않았을까?

나는 이 육아 에세이를 통해 자녀를 돌보는 가운데 자녀와 인격으로 만나 자유로운 관계를 맺고 그 자유로운 사랑 속에서 자녀를 즐기는 길을 말하고 싶었다. 육아가 고되고 어려운 일임은 분명하지만, 또한 아기와 함께 다시 성장해 나가는 과정임을 이야기하고 싶었다. 나는 자유로운 사랑으로 아이가 스스로 자신의 길을 찾아가기를 소망했다. 아이를 보면 미소가 떠오르고 웃음 짓게 되는 순간들이 많았다. 험한 세상에 던져질 아이에 대한 염려와 걱정이 없어서가 아니라, 자신의 세계를 형성해 가는 아이의 생각과 행동들이 새삼 놀랍고 사랑스러워서였다. 그 미소와 사랑이 아이를 지켜줄 것이라고 믿으며, 그렇게 받아들일 수 있는 순간들에 감사했다.

마흔이면 삶의 끝 무렵이라 생각했던 내게 아기는 새로운 생의 시작을 선사했다. 동시에 이 아기가 성장할 때까지 양육해야 할 의무와 책임감도 생겼다. 나의 목표 중 하나는 아기가 성인이 될 때까지 건강하게 사는 것이 되었다. 이제 나는 환갑을 맞아 그 목표에 도달하게 된 것이 너무나 기쁘고 감사하다. 진심으로 기다려온 시간이다. 우리 아이가 성년이 되어 자유롭게 자기 길을 걸어가듯이, 나 역시 자유로운 삶을 다시 시작할 것이다.

이 책에서 나의 이야기에 담긴 육아 철학이라는 게 있다면 그건 무엇일까? 나는 내 아기와 만나고 대화하며 무엇을 꿈꾸고 소망했던 걸까? 되돌아보면 나는 아기를 기르면서 자유롭게 자신을 펼치며 살기를 가장 고대했던 것 같다. 그리고 사랑과 우정에서 오는 기쁨, 존재의 기쁨을 느끼게 해주고 싶었다. 최소한의 인간 도리를 지키고 행동할 수 있다면—그건 아마도 누군가를 위한 한 방울의 눈물, 배움과 깨달음을 향한 한 줌의 열정 정도면 충분하지 않을까!— 다른 모든 것은 자유롭게 아기의 잠재력을 믿고자 하였다. 어쩌면 그 믿음을 잃지 않고 대화하며 인내를 가지고 기다리는 것이 부모의 역할이라 생각한다. 그런 후엔 아이의 욕구를 존중하고 있는 그대로의 아이를 사랑하게 해달라고 기도했다. 나는 많이 갖기를, 남보다 높은 지위에 오르기를 기대하진 않았다. 사회의 안전망 속에 안주하기를 바라지도 않았다. 오직 스스로 자신의 길을 찾아갈 수 있기를 소망했다.

나의 양육 철학은 단순 명료하다. 한 인간의 삶에서 가장 중요한 것은 자기 자신이 되는 진실한 삶을 사는 것이다. 지위와 명성과 돈과 직업 등은 부차적이며 그 다음의 일이다. 현실은 이와 정반대로 돌아갈지라도, 그럴수록 자유롭게 자기 자신의 길을 찾아가도록 용기를 주는 것이 부모의 역할이라고 생각한다. 그것은 부모가 이런저런 요구로 아이의 자유를 가로막는 장애를 만들지 않는 것, 자신의 길을 가고자 할 때 생기는 장애들과 의연히 맞설 수 있는 성품을 길러주는 것, 자유롭게 자신의 길을 가게 하는 것이다.

내면의 목소리에 귀 기울이면 누구나 무엇이 중요한지 알게 된다. 이 우선순위에서 갈팡질팡할 때 혼란에 빠지고, 남들처럼 살지 못할까 봐, 남들이 요구하는 가치에 부응하지 못할까 봐 불안해지기도 한다. 나는 내 아이가 자유롭게 자신의 길을 선택하길 바라고 또 그렇게 선택한 길을 존중할 것이다. 그런 삶의 방식 때문에 큰 역경을 만나게 될지도 모른다. 그럼에도 그것이 자신에게 진실한 삶의 길이라면, 그 길에서 겪게 될 역경을 스스로 헤쳐나가는 용기를 갖기를 응원하고 기도할 것이다. 미래의 불확실성이 두려워 안전한 길만을 걷고자 한다면 자기 삶의 의미와 소명을 찾기는 요원해질 것이다. 부모가 인생의 모든 안전장치를 마련해 줄 수도 없으며, 더구나 안전한 삶만이 목표가 된다면 그건 결코 자신에게 진실한 삶을 사는 것이 아니며 자신을 찾는 길을 걷지도 못할 것이다.

나는 내 아이에게 크게 바라는 것이 없다. 자신의 인생을 스스로 살아가기만 한다면 아무것도 바랄 것이 없다. 적어도 그러길 소망했다. 다만 내 아이에게 들려주고 싶은 말이 있다. '아가야, 빛의 아가 빈아, 성인이 되어 너의 삶의 길을 가던 중 어느 순간 고난의 시간이 오더라도 영혼의 어두운 밤이 오더라도 너에게 사랑이 함께 했다는 걸 기억하기를, 우리 함께 보낸 시간이 기쁨으로 기억되길, 그 시간을 떠올리면 행복하기를, 어떤 상황에서도 어두운 길을 비춰 줄 믿음 깊은 별이 함께 한다는 걸 잊지 않기를, 너의 진실을 따라 빛의 삶을 살기를!'

　　그리고 언젠가 나를 떠나 자유로이 날아가겠지만 인생의 도정에서 고난을 겪으며 힘겨운 씨름을 할 때, 또 외로움 속에 홀로 남겨졌다고 생각될 때 네게 먼저 떠오르는 사람, 기꺼이 손을 잡고 싶은 사람으로 남기를 소망한다. 작은 생명으로 왔으나, 하나의 세계를 이루고 너의 삶을 이루고 구원에 이르는 참된 길을 찾을 수 있기를! 그렇게 기도하며 너에게 이 메시지를 보낸다.

지은이 **김선희**(phshkim@daum.net)

이화여자대학교 철학과에 재직하고 있으며, 한국여성철학회 회장(역임), 철학
상담 수련감독이다. 이화여자대학교를 졸업하고 서강대학교 대학원 철학과
에서 박사학위를 취득했다. 주요 연구 분야는 심리철학, 과학기술철학, 여성
철학, 철학상담이다. 자아, 자아정체성, 인격과 도덕적 주체, 젠더 정체성, 사
이버자아, 포스트휴먼, 로봇의 인격과 윤리, AI철학, 철학상담, 철학상담 방법
론 등에 관하여 연구해 왔다. 그리고 '자아정체성 기반 상담모델'과 '철학적
사고실험 모델'을 개발하여 철학상담을 실천하고 있다.

지은 책으로는 『자아와 행위』, 『사이버시대의 인격과 몸』, 『과학기술과 인간
정체성』, 『철학상담: 나의 가치를 찾아가는 대화』, 『철학상담 방법론: 철학적
사고실험과 자기치유』, 『사소하지 않은 생각』, 『혐오 미러링』 등이 있다.

자유로이 너의 길을 가라
©김선희, 2020

2020년 11월 20일 초판 1쇄 인쇄
2020년 11월 25일 초판 1쇄 발행

지은이 | 김선희
펴낸이 | 권오상
펴낸곳 | 연암서가

등록 | 2007년 10월 8일(제396-2007-00107호)
주소 | 경기도 고양시 일산서구 호수로 896, 402-1101
전화 | 031-907-3010
팩스 | 031-912-3012
이메일 | yeonamseoga@naver.com

ISBN 979-11-6087-070-1 03810
값 13,000원